FACINO CANE
ET AUTRES SCÈNES DE LA VIE PARISIENNE

Honoré de Balzac

Facino Cane

À Louise,

Comme un témoignage

d'affectueuse reconnaissance.

Je demeurais alors dans une petite rue que vous ne connaissez sans doute pas, la rue de Lesdiguières : elle commence à la rue Saint-Antoine, en face d'une fontaine près de la place de la Bastille et débouche dans la rue de La Cerisaie. L'amour de la science m'avait jeté dans une mansarde où je travaillais pendant la nuit, et je passais le jour dans une bibliothèque voisine, celle de MONSIEUR. Je vivais frugalement, j'avais accepté toutes les conditions de la vie monastique, si nécessaire aux travailleurs. Quand il faisait beau, à peine me promenais-je sur le boulevard Bourdon. Une seule passion m'entraînait en dehors de mes habitudes studieuses ; mais n'était-ce pas encore de l'étude ? j'allais observer les mœurs du faubourg, ses habitants et leurs caractères. Aussi mal vêtu que les ouvriers, indifférent au décorum, je ne les mettais point en garde contre moi ; je pouvais me mêler à leurs groupes, les voir concluant leurs marchés, et se disputant à l'heure où ils quittent le travail. Chez moi l'observation était déjà devenue intuitive, elle pénétrait l'âme sans négliger le corps ; ou plutôt elle saisissait si bien les détails extérieurs, qu'elle allait sur-le-champ au delà ; elle me donnait la faculté de vivre de la vie de l'individu sur laquelle elle s'exerçait, en me permettant de me substituer à lui comme le derviche des *Mille et une Nuits* prenait le corps et l'âme des personnes sur lesquelles il prononçait certaines paroles.

Lorsque, entre onze heures et minuit, je rencontrais un ouvrier et sa femme revenant ensemble de l'Ambigu-Comique, je m'amusais à les suivre depuis le boulevard du Pont-aux-Choux jusqu'au boulevard Beaumarchais. Ces braves gens parlaient d'abord de la pièce qu'ils avaient vue ; de fil en aiguille, ils arrivaient à leurs affaires ; la mère tirait son enfant par la main, sans écouter ni ses plaintes ni ses demandes ; les deux époux comptaient l'argent qui leur serait payé le lendemain, ils le dépensaient de vingt manières différentes. C'était alors des détails de ménage, des doléances sur le prix excessif des pommes de terre, ou sur la longueur de l'hiver et le renchérissement des mottes, des représentations énergiques sur ce qui était dû au boulanger ; enfin des discussions qui s'envenimaient, et où chacun d'eux déployait son caractère en mots pittoresques. En entendant ces gens, je pouvais épouser leur vie, je me sentais leurs guenilles sur le dos, je marchais les pieds dans leurs souliers percés ; leurs désirs, leurs besoins, tout passait dans mon âme, ou mon âme passait dans la leur. C'était le rêve d'un homme éveillé. Je m'échauffais avec eux contre les chefs d'atelier qui les tyrannisaient, ou contre les mauvaises pratiques qui les faisaient revenir plusieurs fois sans les payer. Quitter ses habitudes, devenir un autre que soi par l'ivresse des facultés morales, et jouer ce jeu à volonté, telle était ma distraction. À quoi dois-je ce don ? Est-ce une seconde vue ? est-ce une de ces qualités dont l'abus mènerait à la folie ? Je n'ai jamais recherché les causes de cette puissance ; je la possède et m'en sers, voilà tout. Sachez seulement que, dès ce temps, j'avais décomposé les éléments de cette masse hétérogène nommée le peuple, que je l'avais analysée de manière à pouvoir évaluer ses qualités bonnes ou mauvaises. Je savais déjà de quelle utilité pourrait être ce faubourg, ce séminaire de révolutions qui renferme des héros, des inventeurs, des savants pratiques, des coquins, des scélérats, des vertus et des vices, tous comprimés par la misère, étouffés par la nécessité, noyés dans le vin, usés par les liqueurs fortes. Vous ne sauriez imaginer combien d'aventures perdues, combien de drames oubliés dans cette ville de douleur ! Combien d'horribles et belles choses ! L'imagination n'atteindra jamais au vrai qui s'y cache et que personne ne peut aller découvrir ; il faut descendre trop bas pour trouver ces admirables scènes ou tragiques ou comiques, chefs-d'œuvre enfantés par le hasard. Je ne sais comment j'ai si longtemps gardé sans la dire l'histoire que je vais vous raconter, elle fait partie de ces récits curieux restés dans le sac d'où la mémoire les tire capricieusement comme des numéros de loterie : j'en ai bien d'autres, aussi singuliers que celui-ci, également enfouis ; mais ils auront leur tour, croyez-le.

Un jour ma femme de ménage, la femme d'un ouvrier, vint me prier d'honorer de ma présence la noce d'une de ses sœurs. Pour vous faire comprendre ce que pouvait être cette noce il faut vous dire que je donnais quarante sous par mois à cette pauvre créature, qui venait tous les matins faire mon lit, nettoyer mes souliers, brosser mes habits, balayer la chambre et préparer mon déjeuner ; elle allait pendant le reste du temps tourner la manivelle d'une mécanique, et gagnait à ce dur métier dix sous par jour. Son mari, un ébéniste, gagnait quatre francs. Mais comme ce ménage avait trois enfants, il pouvait à peine honnêtement manger du pain. Je n'ai jamais rencontré de probité plus solide que celle de cet homme et de cette femme. Quand j'eus quitté le quartier, pendant cinq ans, la mère Vaillant est venue me souhaiter ma fête en m'apportant un bouquet et des oranges, elle qui n'avait jamais dix sous d'économie. La misère nous avait rapprochés. Je n'ai jamais pu lui donner autre chose que dix francs, souvent empruntés pour cette circonstance. Ceci peut expliquer ma promesse d'aller à la noce, je comptais me blottir dans la joie de ces pauvres gens.

Le festin, le bal, tout eut lieu chez un marchand de vin de la rue de Charenton, au premier étage, dans une grande chambre éclairée par des lampes à réflecteurs en fer-blanc, tendue d'un papier crasseux à hauteur des tables, et le long des murs de laquelle il y avait des bancs de bois. Dans cette chambre, quatre-vingts personnes endimanchées, flanquées de bouquets et de rubans, toutes animées par l'esprit de la Courtille, le visage enflammé, dansaient comme si le monde allait finir. Les mariés s'embrassaient à la satisfaction générale, et c'étaient des hé ! hé ! des ha ! ha ! facétieux mais réellement moins indécents que ne le sont les timides œillades des jeunes filles bien élevées. Tout ce monde exprimait un contentement brutal qui avait je ne sais quoi de communicatif.

Mais ni les physionomies de cette assemblée, ni la noce, ni rien de ce monde n'a trait à mon histoire. Retenez seulement la bizarrerie du cadre. Figurez-vous bien la boutique ignoble et peinte en rouge, sentez l'odeur du vin, écoutez les hurlements de cette joie, restez bien dans ce faubourg, au milieu de ces ouvriers, de ces vieillards, de ces pauvres femmes livrés au plaisir d'une nuit !

L'orchestre se composait de trois aveugles des Quinze-Vingts ; le premier était violon, le second clarinette, et le troisième flageolet. Tous trois étaient payés en bloc sept francs pour la nuit. Sur ce prix-là, certes, ils ne donnaient ni du Rossini, ni du Beethoven, ils jouaient ce qu'ils voulaient et ce qu'ils pouvaient ; personne ne leur faisait de reproches, charmante délicatesse ! Leur musique attaquait si brutalement le tympan, qu'après avoir jeté les yeux sur l'assemblée, je regardai ce trio d'aveugles, et fus tout d'abord disposé à l'indulgence en reconnaissant leur uniforme. Ces artistes étaient dans l'embrasure d'une croisée ; pour distinguer leurs physionomies, il fallait donc être près d'eux : je n'y vins pas sur-le-champ ; mais quand je m'en rapprochai, je ne sais pourquoi, tout fut dit, la noce et sa musique disparut, ma curiosité fut excitée au plus haut degré, car mon âme passa dans le corps du joueur de clarinette. Le violon et le flageolet avaient tous deux des figures vulgaires, la figure si connue de l'aveugle, pleine de contention, attentive et grave ; mais celle de la clarinette était un de ces phénomènes qui arrêtent tout court l'artiste et le philosophe.

Figurez-vous le masque en plâtre de Dante, éclairé par la lueur rouge du quinquet, et surmonté d'une forêt de cheveux d'un blanc argenté. L'expression amère et douloureuse de cette magnifique tête était agrandie par la cécité, car les yeux morts revivaient par la pensée ; il s'en échappait comme une lueur brûlante, produite par un désir unique, incessant, énergiquement inscrit sur un front bombé que traversaient des rides pareilles aux assises d'un vieux mur. Ce vieillard soufflait au hasard, sans faire la moindre attention à la mesure ni à l'air, ses doigts se baissaient ou se levaient, agitaient les vieilles clefs par une habitude machinale, il ne se gênait pas pour faire ce que l'on nomme des *canards* en termes d'orchestre, les danseurs ne s'en apercevaient pas plus que les deux acolytes de mon Italien ; car je voulais que ce fût un Italien, et c'était un Italien. Quelque chose de grand et de despotique se rencontrait dans ce vieil Homère qui gardait en lui-même une Odyssée condamnée à l'oubli. C'était une grandeur si réelle qu'elle triomphait encore de son abjection, c'était un despotisme si vivace qu'il dominait la pauvreté. Aucune des violentes passions qui conduisent l'homme au bien comme au mal, en font un forçat ou un héros, ne manquait à ce visage noblement coupé, lividement italien, ombragé par des sourcils grisonnants qui projetaient leur ombre sur des cavités profondes où l'on tremblait de voir reparaître la lumière de la pensée, comme on craint de voir venir à la bouche d'une caverne quelques brigands armés de torches et de poignards. Il existait un lion dans cette cage de chair, un lion dont la rage s'était inutilement épuisée contre le fer de ses barreaux. L'incendie du désespoir s'était éteint dans ses cendres, la lave s'était refroidie ; mais les sillons, les bouleversements, un peu de fumée attestaient la violence de l'éruption, les ravages du feu. Ces idées, réveillées par l'aspect de cet homme, étaient aussi chaudes dans mon âme qu'elles étaient froides sur sa figure.

Entre chaque contredanse, le violon et le flageolet, sérieusement occupés de leur verre et de leur bouteille, suspendaient leur instrument au bouton de leur redingote rougeâtre, avançaient la main sur une petite table placée dans l'embrasure de la croisée où était leur cantine, et offraient toujours à l'Italien un verre plein qu'il ne pouvait prendre lui-même, car la table se trouvait derrière sa chaise ; chaque fois, la clarinette les remerciait par un signe de tête amical. Leurs mouvements s'accomplissaient avec cette précision qui étonne toujours chez les aveugles des Quinze-Vingts, et qui semble faire croire qu'ils voient. Je m'approchai des trois aveugles pour les écouter ; mais quand je fus près d'eux, ils m'étudièrent, ne reconnurent sans doute pas la nature ouvrière, et se tinrent cois.

– De quel pays êtes-vous, vous qui jouez de la clarinette ?

– De Venise, répondit l'aveugle avec un léger accent italien.

– Êtes-vous né aveugle, ou êtes-vous aveugle par...

– Par accident, répondit-il vivement, une maudite goutte sereine.

– Venise est une belle ville, j'ai toujours eu la fantaisie d'y aller.

La physionomie du vieillard s'anima, ses rides s'agitèrent, il fut violemment ému.

– Si j'y allais avec vous, vous ne perdriez pas votre temps, me dit-il.

– Ne lui parlez pas de Venise, me dit le violon, ou notre doge va commencer son train ; avec ça qu'il a déjà deux bouteilles dans le bocal, le prince !

– Allons, en avant, père Canard, dit le flageolet.

Tous trois se mirent à jouer ; mais pendant le temps qu'ils mirent à exécuter les quatre contredanses, le Vénitien me flairait, il devinait l'excessif intérêt que je lui portais. Sa physionomie quitta sa froide expression de tristesse ; je ne sais quelle espérance égaya tous ses traits, se coula comme une flamme bleue dans ses rides ; il sourit, et s'essuya le front, ce front audacieux et terrible ; enfin il devint gai comme un homme qui monte sur son dada.

– Quel âge avez-vous ? lui demandai-je.

– Quatre-vingt deux ans !

– Depuis quand êtes-vous aveugle ?

– Voici bientôt cinquante ans, répondit-il avec un accent qui annonçait que ses regrets ne portaient pas seulement sur la perte de sa vue, mais sur quelque grand pouvoir dont il aurait été dépouillé.

– Pourquoi vous appellent-ils donc le doge ? lui demandai-je.

– Ah ! une farce, me dit-il, je suis patricien de Venise, et j'aurais été doge tout comme un autre.

– Comment vous nommez-vous donc ?

– Ici, me dit-il, le père Canet. Mon nom n'a jamais pu s'écrire autrement sur les registres ; mais, en italien, c'est *Marco Facino Cane, principe de Varese.*

– Comment ? vous descendez du fameux condottiere Facino Cane dont les conquêtes ont passé aux ducs de Milan ?

– *E vero*, me dit-il. Dans ce temps-là, pour n'être pas tué par les Visconti, le fils de Cane s'est réfugié à Venise et s'est fait inscrire sur le Livre d'or. Mais il n'y a pas plus de Cane maintenant que de livre. Et il fit un geste effrayant de patriotisme éteint et de dégoût pour les choses humaines.

– Mais si vous étiez sénateur de Venise, vous deviez être riche ; comment avez-vous pu perdre votre fortune ?

À cette question il leva la tête vers moi, comme pour me contempler par un mouvement vraiment tragique, et me répondit : – Dans les malheurs !

Il ne songeait plus à boire, il refusa par un geste le verre de vin que lui tendit en ce moment le vieux flageolet, puis il baissa la tête. Ces détails n'étaient pas de nature à éteindre ma curiosité. Pendant la contredanse que jouèrent ces trois machines, je contemplai le vieux noble vénitien avec les sentiments qui dévorent un homme de vingt ans. Je voyais Venise et l'Adriatique, je la voyais en ruines sur cette figure ruinée. Je me promenais dans cette ville si chère à ses habitants, j'allais du Rialto au grand canal, du quai des Esclavons au Lido, je revenais à sa cathédrale, si originalement sublime ; je regardais les fenêtres de la *Casa Doro*, dont chacune a des ornements différents ; je contemplais ces vieux palais si riches de marbre, enfin toutes ces merveilles avec lesquelles le savant sympathise d'autant plus qu'il les colore à son gré, et ne dépoétise pas ses rêves par le spectacle de la réalité. Je remontais le cours de la vie de ce rejeton du plus grand des condottieri, en y cherchant les traces de ses malheurs et les causes de cette profonde dégradation physique et morale qui rendait plus belles encore les étincelles de grandeur et de noblesse ranimées en ce moment. Nos pensées étaient sans doute communes, car je crois que la cécité rend les communications intellectuelles beaucoup plus rapides en défendant à l'attention de s'éparpiller sur les objets extérieurs. La preuve de notre sympathie ne se fit pas attendre. Facino Cane cessa de jouer, se leva, vint à moi et me dit un : – Sortons ! qui produisit sur moi l'effet d'une douche électrique. Je lui donnai le bras, et nous nous en allâmes.

Quand nous fûmes dans la rue, il me dit : – Voulez-vous me mener à Venise, m'y conduire, voulez-vous avoir foi en moi ? vous serez plus riche que ne le sont les dix maisons les plus riches d'Amsterdam ou de Londres, plus riches que les Rotschild, enfin riche comme les Mille et une Nuits.

Je pensai que cet homme était fou ; mais il y avait dans sa voix une puissance à laquelle j'obéis. Je me laissai conduire et il me mena vers les fossés de la Bastille comme s'il avait eu des yeux. Il s'assit sur une pierre dans un endroit fort solitaire où depuis fut bâti le pont par lequel le canal Saint Martin communique avec la Seine. Je me mis sur une autre pierre devant ce vieillard dont les cheveux blancs brillèrent comme des fils d'argent à la clarté de la lune. Le silence que troublait à peine le bruit orageux des boulevards qui arrivait jusqu'à nous, la pureté de la nuit, tout contribuait à rendre cette scène vraiment fantastique.

– Vous parlez de millions à un jeune homme, et vous croyez qu'il hésiterait à endurer mille maux pour les recueillir ! Ne vous moquez-vous pas de moi ?

– Que je meure sans confession, me dit-il avec violence, si ce que je vais vous dire n'est pas vrai. J'ai eu vingt ans comme vous les avez en ce moment, j'étais riche, j'étais beau, j'étais noble, j'ai commencé par la première des folies, par l'amour. J'ai aimé comme l'on n'aime plus, jusqu'à me mettre dans un coffre et risquer d'y être poignardé sans avoir reçu autre chose que la promesse d'un baiser. Mourir pour *elle* me semblait toute une vie. En 1760 je devins amoureux d'une Vendramini, une femme de dix-huit ans, mariée à un Sagredo, l'un des plus riches sénateurs, un homme de trente ans, fou de sa femme. Ma maîtresse et moi nous étions innocents comme deux chérubins, quand le *sposo* nous surprit causant d'amour ; j'étais sans armes, il me manqua, je sautai sur lui, je l'étranglai de mes deux mains en lui tordant le cou comme à un poulet. Je voulus partir avec Bianca, elle ne voulut pas me suivre. Voilà les femmes ! Je m'en allai seul, je fus condamné, mes biens furent séquestrés au profit de mes héritiers ; mais j'avais emporté mes diamants, cinq tableaux de Titien roulés, et tout mon or. J'allai à Milan, où je ne fus pas inquiété : mon affaire n'intéressait point l'État.

– Une petite observation avant de continuer, dit-il après une pause. Que les fantaisies d'une femme influent ou non sur son enfant pendant qu'elle le porte ou quand elle le conçoit, il est certain que ma mère eut une passion pour l'or pendant sa grossesse. J'ai pour l'or une monomanie dont la satisfaction est si nécessaire à ma vie que, dans toutes les situations où je me suis trouvé, je n'ai jamais été sans or sur moi ; je manie constamment de l'or ; jeune, je portais toujours des bijoux et j'avais toujours sur moi deux ou trois cents ducats.

En disant ces mots, il tira deux ducats de sa poche et me les montra.

– Je sens l'or. Quoique aveugle, je m'arrête devant les boutiques de joailliers. Cette passion m'a perdu, je suis devenu joueur pour jouer de l'or. Je n'étais pas fripon, je fus friponné, je me ruinai. Quand je n'eus plus de fortune, je fus pris par la rage de voir Bianca : je revins secrètement à Venise, je la retrouvai, je fus heureux pendant six mois, caché chez elle, nourri par elle. Je pensais délicieusement à finir ainsi ma vie. Elle était recherchée par le Provéditeur ; celui-ci devina un rival, en Italie on les sent : il nous espionna, nous surprit au lit, le lâche ! Jugez combien vive fut notre lutte : je ne le tuai pas, je le blessai grièvement. Cette aventure brisa mon bonheur. Depuis ce jour je n'ai jamais retrouvé de Bianca. J'ai eu de grands plaisirs, j'ai vécu à la cour de Louis XV parmi les femmes les plus célèbres ; nulle part je n'ai trouvé les qualités, les grâces, l'amour de ma chère Vénitienne. Le Provéditeur avait ses gens, il les appela, le palais fut cerné, envahi ; je me défendis pour pouvoir mourir sous les yeux de Bianca qui m'aidait à tuer le Provéditeur. Jadis cette femme n'avait pas voulu s'enfuir avec moi ; mais après six mois de bonheur elle voulait mourir de ma mort, et reçut plusieurs coups. Pris dans un grand manteau que l'on jeta sur moi, je fus roulé, porté dans une gondole et transporté dans un cachot des puits. J'avais vingt-deux ans, je tenais si bien le tronçon de mon épée que pour l'avoir il aurait fallu me couper le poing. Par un singulier hasard, ou plutôt inspiré par une pensée de précaution, je cachai ce morceau de fer dans un coin, comme s'il pouvait me servir. Je fus soigné. Aucune de mes blessures n'était mortelle. À vingt-deux ans, on revient de tout. Je devais mourir décapité, je fis le malade afin de gagner du temps. Je croyais être dans un cachot voisin du canal, mon projet était de m'évader en creusant le mur et traversant le canal à la nage, au risque de me noyer. Voici sur quels raisonnements s'appuyait mon espérance. Toutes les fois que le geôlier m'apportait à manger, je lisais des indications écrites sur les murs, comme : *côté du palais, côté du canal, côté du souterrain*, et je finis par apercevoir un plan dont le sens m'inquiétait peu, mais explicable par l'état actuel du palais ducal qui n'est pas terminé. Avec le génie que donne le désir de recouvrer la liberté, je parvins à déchiffrer, en tâtant du bout des doigts la superficie d'une pierre, une inscription arabe par laquelle l'auteur de ce travail avertissait ses successeurs qu'il avait détaché deux pierres de la dernière assise, et creusé onze pieds de souterrain. Pour continuer son œuvre, il fallait répandre sur le sol même du cachot les parcelles de pierre et de mortier produites par le travail de l'excavation. Quand même les gardiens ou les inquisiteurs n'eussent pas été rassurés par la construction de l'édifice qui n'exigeait qu'une surveillance extérieure, la disposition des puits, où l'on descend par quelques marches, permettait d'exhausser graduellement le sol sans que les gardiens s'en aperçussent. Cet immense travail avait été superflu, du moins pour celui qui l'avait entrepris, car son inachèvement annonçait la mort de l'inconnu. Pour que son dévouement ne fût pas à jamais perdu, il fallait qu'un prisonnier sût l'arabe ; mais j'avais étudié les langues orientales au couvent des Arméniens. Une phrase écrite derrière la pierre disait le destin de ce malheureux, mort victime de ses immenses richesses, que Venise avait convoitées et dont elle s'était emparée. Il me fallut un mois pour arriver à un résultat. Pendant que je travaillais, et dans les moments où la fatigue m'anéantissait, j'entendais le son de l'or, je voyais de l'or devant moi, j'étais ébloui par des diamants ! Oh ! attendez. Pendant une nuit, mon acier émoussé trouva du bois. J'aiguisai mon bout d'épée, et fis un trou dans ce bois. Pour pouvoir travailler, je me roulais comme un serpent sur le ventre, je me mettais nu pour travailler à la manière des taupes, en portant mes mains en avant et me faisant de la pierre même un point d'appui. La surveille du jour où je devais comparaître devant mes juges, pendant la nuit, je voulus tenter un dernier effort ; je perçai le bois, et mon fer ne rencontra rien au delà. Jugez de ma surprise quand j'appliquai les yeux sur le trou ! J'étais dans le lambris d'une cave où une faible lumière me permettait d'apercevoir un monceau d'or. Le doge et l'un des Dix étaient dans ce caveau, j'entendais leurs voix ; leurs discours m'apprirent que là était le trésor secret de la République, les dons des doges, et les réserves du butin appelé le denier de Venise, et pris sur le produit des expéditions. J'étais sauvé ! Quand le geôlier vint, je lui proposai de favoriser ma fuite et de partir avec moi en emportant tout ce que nous pourrions prendre. Il n'y avait pas à hésiter, il accepta. Un navire faisait voile pour le Levant, toutes les précautions furent prises, Bianca favorisa les mesures que je dictais à mon complice. Pour ne pas donner l'éveil, Bianca devait nous rejoindre à Smyrne. En une nuit le trou fut agrandi, et nous descendîmes dans le trésor secret de Venise. Quelle nuit ! J'ai vu quatre tonnes pleines d'or. Dans la pièce précédente, l'argent était également amassé en deux tas qui laissaient un chemin au milieu pour traverser la chambre où les pièces relevées en talus garnissaient les murs à cinq pieds de hauteur. Je crus que le geôlier deviendrait fou ; il chantait, il sautait, il riait, il gambadait dans l'or ; je le menaçai de l'étrangler s'il perdait le temps ou s'il faisait du bruit. Dans sa joie, il ne vit pas d'abord une table où étaient les diamants. Je me jetai dessus assez habilement pour emplir ma veste de matelot et les poches de mon pantalon. Mon Dieu ! je n'en pris pas le tiers. Sous cette table étaient des lingots d'or. Je persuadai à mon compagnon de remplir d'or autant de sacs que nous pourrions en porter, en lui faisant observer que c'était la seule manière de n'être pas découverts à l'étranger. – Les perles, les bijoux, les diamants nous feraient reconnaître, lui dis-je. Quelle que fût notre avidité, nous ne pûmes prendre que deux mille livres d'or, qui nécessitèrent six voyages à travers la prison jusqu'à la gondole. La sentinelle à la porte d'eau avait été gagnée moyennant un sac de dix livres d'or. Quant aux deux gondoliers, ils croyaient servir la République. Au jour, nous partîmes. Quand nous fûmes en pleine mer, et que je me souvins de cette nuit ; quand je me rappelai les sensations que j'avais éprouvées, que je revis cet immense trésor où, suivant mes évaluations, je laissais trente millions en argent et vingt millions en or, plusieurs millions en diamants, perles et rubis, il se fit en moi comme un mouvement de folie. J'eus la fièvre de l'or. Nous nous fîmes débarquer à Smyrne, et nous nous embarquâmes aussitôt pour la France. Comme nous montions sur le bâtiment français, Dieu me fit la grâce de me débarrasser de mon complice. En ce moment je ne pensais pas à toute la portée de ce méfait du hasard, dont je me réjouis beaucoup. Nous étions si complètement énervés que nous demeurions hébétés, sans nous rien dire, attendant que nous fussions en sûreté pour jouir à notre aise. Il n'est pas étonnant que la tête ait tourné à ce drôle. Vous verrez combien Dieu m'a puni. Je ne me crus tranquille qu'après avoir vendu les deux tiers de mes diamants à Londres et à Amsterdam, et réalisé ma poudre d'or en valeurs commerciales. Pendant cinq ans, je me cachai dans Madrid ; puis, en 1770, je vins à Paris sous un nom espagnol, et menai le train le plus brillant. Bianca était morte. Au milieu de mes voluptés, quand je jouissais d'une fortune de six millions, je fus frappé de cécité. Je ne doute pas que cette infirmité ne soit le résultat de mon séjour dans le cachot, de mes travaux dans la pierre, si toutefois ma faculté de voir l'or n'emportait pas un abus de la puissance visuelle qui me prédestinait à perdre les yeux. En ce moment, j'aimais une femme à laquelle je comptais lier mon sort ; je lui avais dit le secret de mon nom, elle appartenait à une famille puissante, j'espérais tout de la faveur que m'accordait Louis XV ; j'avais mis ma confiance en cette femme, qui était l'amie de madame du Barry ; elle me conseilla de consulter un fameux oculiste de Londres : mais, après quelques mois de séjour dans cette ville, j'y fus abandonné par cette femme dans Hyde-Park, elle m'avait dépouillé de toute ma fortune sans me laisser aucune ressource ; car, obligé de cacher mon nom, qui me livrait à la vengeance de Venise, je ne pouvais invoquer l'assistance de personne, je craignais Venise. Mon infirmité fut exploitée par les espions que cette femme avait attachés à ma personne. Je vous fais grâce d'aventures dignes de Gil Blas. Votre révolution vint. Je fus forcé d'entrer aux Quinze-Vingts, où cette créature me fit admettre après m'avoir tenu pendant deux ans à Bicêtre comme fou ; je n'ai jamais pu la tuer, je n'y voyais point, et j'étais trop pauvre pour acheter un bras. Si avant de perdre Benedetto Carpi, mon geôlier, je l'avais consulté sur la situation de mon cachot, j'aurais pu reconnaître le trésor et retourner à Venise quand la république fut anéantie par Napoléon. Cependant, malgré ma cécité, allons à Venise ! Je retrouverai la porte de la prison, je verrai l'or à travers les murailles, je le sentirai sous les eaux où il est enfoui ; car les événements qui ont renversé la puissance de Venise sont tels que le secret de ce trésor a dû mourir avec Vendramino, le frère de Bianca, un doge, qui, je l'espérais, aurait fait ma paix avec les Dix. J'ai adressé des notes au premier consul, j'ai proposé un traité à l'empereur d'Autriche, tous m'ont éconduit comme un fou ! Venez, partons pour Venise, partons mendiants, nous reviendrons millionnaires ; nous rachèterons mes biens, et vous serez mon héritier, vous serez prince de Varese.

Étourdi de cette confidence, qui dans mon imagination prenait les proportions d'un poème, à l'aspect de cette tête blanchie, et devant l'eau noire des fossés de la Bastille, eau dormante comme celle des canaux de Venise, je ne répondis pas. Facino Cane crut sans doute que je le jugeais comme tous les autres, avec une pitié dédaigneuse ; il fit un geste qui exprima toute la philosophie du désespoir. Ce récit l'avait reporté peut-être à ses heureux jours, à Venise : il saisit sa clarinette et joua mélancoliquement une chanson vénitienne, barcarolle pour laquelle il retrouva son premier talent, son talent de patricien amoureux. Ce fut quelque chose comme le *Super flumina Babylonis*. Mes yeux s'emplirent de larmes. Si quelques promeneurs attardés vinrent à passer le long du boulevard Bourdon, sans doute ils s'arrêtèrent pour écouter cette dernière prière du banni, le dernier regret d'un nom perdu, auquel se mêlait le souvenir de Bianca. Mais l'or reprit bientôt le dessus, et la fatale passion éteignit cette lueur de jeunesse.

– Ce trésor, me dit-il, je le vois toujours, éveillé comme en rêve ; je m'y promène, les diamants étincellent, je ne suis pas aussi aveugle que vous le croyez : l'or et les diamants éclairent ma nuit, la nuit du dernier Facino Cane, car mon titre passe aux Memmi. Mon Dieu ! la punition du meurtrier a commencé de bien bonne heure ! *Ave Maria...*

Il récita quelques prières que je n'entendis pas.

– Nous irons à Venise, m'écriai-je quand il se leva.

– J'ai donc trouvé un homme, s'écria-t-il le visage en feu.

Je le reconduisis en lui donnant le bras ; il me serra la main à la porte des Quinze-Vingts, au moment où quelques personnes de la noce revenaient en criant à tue-tête.

– Partirons-nous demain ? dit le vieillard.

– Aussitôt que nous aurons quelque argent.

– Mais nous pouvons aller à pied, je demanderai l'aumône... Je suis robuste, et l'on est jeune quand on voit de l'or devant soi.

Facino Cane mourut pendant l'hiver après avoir langui deux mois. Le pauvre homme avait un catarrhe.

Paris, mars 1836.

La messe de l'athée

Ceci est dédié à Auguste Borget.

Par son ami

De Balzac.

Un médecin à qui la science doit une belle théorie physiologique, et qui, jeune encore, s'est placé parmi les célébrités de l'École de Paris, centre de lumières auquel les médecins de l'Europe rendent tous hommage, le docteur Bianchon a longtemps pratiqué la chirurgie avant de se livrer à la médecine. Ses premières études furent dirigées par un des plus grands chirurgiens français, par l'illustre Desplein, qui passa comme un météore dans la science. De l'aveu de ses ennemis, il enterra dans la tombe une méthode intransmissible. Comme tous les gens de génie, il était sans héritiers : il portait et emportait tout avec lui. La gloire des chirurgiens ressemble à celle des acteurs, qui n'existent que de leur vivant et dont le talent n'est plus appréciable dès qu'ils ont disparu. Les acteurs et les chirurgiens, comme aussi les grands chanteurs, comme les virtuoses qui décuplent par leur exécution la puissance de la musique, sont tous les héros du moment. Desplein offre la preuve de cette similitude entre la destinée de ces génies transitoires. Son nom, si célèbre hier, aujourd'hui presque oublié, restera dans sa spécialité sans en franchir les bornes. Mais ne faut-il pas des circonstances inouïes pour que le nom d'un savant passe du domaine de la Science dans l'histoire générale de l'Humanité ? Desplein avait-il cette universalité de connaissances qui fait d'un homme le *verbe* ou la *figure* d'un siècle ? Desplein possédait un divin coup d'œil : il pénétrait le malade et sa maladie par une intuition acquise ou naturelle qui lui permettait d'embrasser les diagnostics particuliers à l'individu, de déterminer le moment précis, l'heure, la minute à laquelle il fallait opérer, en faisant la part aux circonstances atmosphériques et aux particularités du tempérament. Pour marcher ainsi de conserve avec la Nature, avait-il donc étudié l'incessante jonction des êtres et des substances élémentaires contenues dans l'atmosphère ou que fournit la terre à l'homme qui les absorbe et les prépare pour en tirer une expression particulière ? Procédait-il par cette puissance de déduction et d'analogie à laquelle est dû le génie de Cuvier ? Quoi qu'il en soit, cet homme s'était fait le confident de la Chair, il la saisissait dans le passé comme dans l'avenir, en s'appuyant sur le présent. Mais a-t-il résumé toute la science en sa personne comme ont fait Hippocrate, Galien, Aristote ? A-t-il conduit toute une école vers des mondes nouveaux ? Non. S'il est impossible de refuser à ce perpétuel observateur de la chimie humaine, l'antique science du Magisme, c'est-à-dire la connaissance des principes en fusion, les causes de la vie, la vie avant la vie, ce qu'elle sera par ses préparations avant d'être ; malheureusement tout en lui fut personnel : isolé dans sa vie par l'égoïsme, l'égoïsme suicide aujourd'hui sa gloire. Sa tombe n'est pas surmontée de la statue sonore qui redit à l'avenir les mystères que le Génie cherche à ses dépens. Mais peut-être le talent de Desplein était-il solidaire de ses croyances, et conséquemment mortel. Pour lui, l'atmosphère terrestre était un sac générateur : il voyait la terre comme un œuf dans sa coque, et ne pouvant savoir qui de l'œuf, qui de la poule, avait commencé, il n'admettait ni le coq ni l'œuf. Il ne croyait ni en l'animal antérieur, ni en l'esprit postérieur à l'homme. Desplein n'était pas dans le doute, il affirmait. Son athéisme pur et franc ressemblait à celui de beaucoup de savants, les meilleurs gens du monde, mais invinciblement athées, athées comme les gens religieux n'admettent pas qu'il puisse y avoir d'athées. Cette opinion ne devait pas être autrement chez un homme habitué depuis son jeune âge à disséquer l'être par excellence, avant, pendant et après la vie, à le fouiller dans tous ses appareils sans y trouver cette âme unique, si nécessaire aux théories religieuses. En y reconnaissant un centre cérébral, un centre nerveux et un centre aéro-sanguin, dont les deux premiers se suppléent si bien l'un l'autre, qu'il eut dans les derniers jours de sa vie la conviction que le sens de l'ouïe n'était pas absolument nécessaire pour entendre, ni le sens de la vue absolument nécessaire pour voir, et que le plexus solaire les remplaçait, sans que l'on en pût douter ; Desplein, en trouvant deux âmes dans l'homme, corrobora son athéisme de ce fait, quoiqu'il ne préjuge encore rien sur Dieu. Cet homme mourut, dit-on, dans l'impénitence finale où meurent malheureusement beaucoup de beaux génies, à qui Dieu puisse pardonner.

La vie de cet homme si grand offrait beaucoup de petitesses, pour employer l'expression dont se servaient ses ennemis, jaloux de diminuer sa gloire, mais qu'il serait plus convenable de nommer des contre-sens apparents. N'ayant jamais connaissance des déterminations par lesquelles agissent les esprits supérieurs, les envieux ou les niais s'arment aussitôt de quelques contradictions superficielles pour dresser un acte d'accusation sur lequel ils les font momentanément juger. Si, plus tard, le succès couronne les combinaisons attaquées, en montrant la corrélation des préparatifs et des résultats, il subsiste toujours un peu des calomnies d'avant-garde. Ainsi, de nos jours, Napoléon fut condamné par ses contemporains, lorsqu'il déployait les ailes de son aigle sur l'Angleterre : il fallut 1822 pour expliquer 1804 et les bateaux plats de Boulogne.

Chez Desplein, la gloire et la science étant inattaquables, ses ennemis s'en prenaient à son humeur bizarre, à son caractère ; tandis qu'il possédait tout bonnement cette qualité que les Anglais nomment *excentricity*. Tantôt superbement vêtu comme Crébillon le tragique, tantôt il affectait une singulière indifférence en fait de vêtement ; on le voyait tantôt en voiture, tantôt à pied. Tour à tour brusque et bon, en apparence âpre et avare, mais capable d'offrir sa fortune à ses maîtres exilés qui lui firent l'honneur de l'accepter pendant quelques jours, aucun homme n'a inspiré plus de jugements contradictoires. Quoique capable, pour avoir un cordon noir que les médecins n'auraient pas dû briguer, de laisser tomber à la cour un livre d'heures de sa poche, croyez qu'il se moquait en lui-même de tout ; il avait un profond mépris pour les hommes, après les avoir observés d'en haut et d'en bas, après les avoir surpris dans leur véritable expression, au milieu des actes de l'existence les plus solennels et les plus mesquins. Chez un grand homme, les qualités sont souvent solidaires. Si, parmi ces colosses, l'un d'eux a plus de talent que d'esprit, son esprit est encore plus étendu que celui de qui l'on dit simplement : Il a de l'esprit. Tout génie suppose une vue morale. Cette vue peut s'appliquer à quelque spécialité ; mais qui voit la fleur, doit voir le soleil. Celui qui entendit un diplomate, sauvé par lui, demandant : « Comment va l'Empereur ? » et qui répondit : « Le courtisan revient, l'homme suivra ! » celui-là n'est pas seulement chirurgien ou médecin, il est aussi prodigieusement spirituel. Ainsi, l'observateur patient et assidu de l'humanité légitimera les prétentions exorbitantes de Desplein et le croira, comme il se croyait lui-même, propre à faire un ministre tout aussi grand qu'était le chirurgien.

Parmi les énigmes que présente aux yeux de plusieurs contemporains la vie de Desplein, nous avons choisi l'une des plus intéressantes, parce que le mot s'en trouvera dans la conclusion du récit, et le vengera de quelques sottes accusations.

De tous les élèves que Desplein eut à son hôpital, Horace Bianchon fut un de ceux auxquels il s'attacha le plus vivement. Avant d'être interne à l'Hôtel-Dieu, Horace Bianchon était un étudiant en médecine, logé dans une misérable pension du quartier latin, connue sous le nom de la Maison Vauquer. Ce pauvre jeune homme y sentait les atteintes de cette ardente misère, espèce de creuset d'où les grands talents doivent sortir purs et incorruptibles comme des diamants qui peuvent être soumis à tous les chocs sans se briser. Au feu violent de leurs passions déchaînées, ils acquièrent la probité la plus inaltérable, et contractent l'habitude des luttes qui attendent le génie, par le travail constant dans lequel ils ont cerclé leurs appétits trompés. Horace était un jeune homme droit, incapable de tergiverser dans les questions d'honneur, allant sans phrase au fait, prêt pour ses amis à mettre en gage son manteau, comme à leur donner son temps et ses veilles. Horace était enfin un de ces amis qui ne s'inquiètent pas de ce qu'ils reçoivent en échange de ce qu'ils donnent, certains de recevoir à leur tour plus qu'ils ne donneront. La plupart de ses amis avaient pour lui ce respect intérieur qu'inspire une vertu sans emphase, et plusieurs d'entre eux redoutaient sa censure. Mais ces qualités, Horace les déployait sans pédantisme. Ni puritain ni sermonneur, il jurait de bonne grâce en donnant un conseil, et faisait volontiers un *tronçon de chière lie* quand l'occasion s'en présentait. Bon compagnon, pas plus prude que ne l'est un cuirassier, rond et franc, non pas comme un marin, car le marin d'aujourd'hui est un rusé diplomate, mais comme un brave jeune homme qui n'a rien à déguiser dans sa vie, il marchait la tête haute et la pensée rieuse. Enfin, pour tout exprimer par un mot, Horace était le Pylade de plus d'un Oreste, les créanciers étant pris aujourd'hui comme la figure la plus réelle des Furies antiques. Il portait sa misère avec cette gaieté qui peut-être est un des plus grands éléments du courage, et comme tous ceux qui n'ont rien, il contractait peu de dettes. Sobre comme un chameau, alerte comme un cerf, il était ferme dans ses idées et dans sa conduite. La vie heureuse de Bianchon commença du jour où l'illustre chirurgien acquit la preuve des qualités et des défauts qui, les uns aussi bien que les autres, rendent doublement précieux à ses amis le docteur Horace Bianchon. Quand un chef de clinique prend dans son giron un jeune homme, ce jeune homme a, comme on dit, le pied dans l'étrier. Desplein ne manquait pas d'emmener Bianchon pour se faire assister par lui dans les maisons opulentes où presque toujours quelque gratification tombait dans l'escarcelle de l'interne, et où se révélaient insensiblement au provincial les mystères de la vie parisienne ; il le gardait dans son cabinet lors de ses consultations, et l'y employait ; parfois, il l'envoyait accompagner un riche malade aux Eaux ; enfin il lui préparait une clientèle. Il résulte de ceci qu'au bout d'un certain temps, le tyran de la chirurgie eut un Séide. Ces deux hommes, l'un au faîte des honneurs et de sa science, jouissant d'une immense fortune et d'une immense gloire ; l'autre, modeste Oméga, n'ayant ni fortune ni gloire, devinrent intimes. Le grand Desplein disait tout à son interne ; l'interne savait si telle femme s'était assise sur une chaise auprès du maître, ou sur le fameux canapé qui se trouvait dans le cabinet et sur lequel Desplein dormait : Bianchon connaissait les mystères de ce tempérament de lion et de taureau, qui finit par élargir, amplifier outre mesure le buste du grand homme, et causa sa mort par le développement du cœur. Il étudia les bizarreries de cette vie si occupée, les projets de cette avarice si sordide, les espérances de l'homme politique caché dans le savant ; il put prévoir les déceptions qui attendaient le seul sentiment enfoui dans ce cœur moins de bronze que bronzé.

Un jour, Bianchon dit à Desplein qu'un pauvre porteur d'eau du quartier Saint-Jacques avait une horrible maladie causée par les fatigues et la misère ; ce pauvre Auvergnat n'avait mangé que des pommes de terre dans le grand hiver de 1821. Desplein laissa tous ses malades. Au risque de crever son cheval, il vola, suivi de Bianchon, chez le pauvre homme et le fit transporter lui-même dans la maison de santé établie par le célèbre Dubois dans le faubourg Saint-Denis. Il alla soigner cet homme, auquel il donna, quand il l'eut rétabli, la somme nécessaire pour acheter un cheval et un tonneau. Cet Auvergnat se distingua par un trait original. Un de ses amis tombe malade, il l'emmène promptement chez Desplein, en disant à son bienfaiteur : – « Je n'aurais pas souffert qu'il allât chez un autre. » Tout bourru qu'il était, Desplein serra la main du porteur d'eau, et lui dit : – « Amène-les-moi tous. » Et il fit entrer l'enfant du Cantal à l'Hôtel-Dieu, où il eut de lui le plus grand soin. Bianchon avait déjà plusieurs fois remarqué chez son chef une prédilection pour les Auvergnats et surtout pour les porteurs d'eau ; mais, comme Desplein mettait une sorte d'orgueil à ses traitements de l'Hôtel-Dieu, l'élève n'y voyait rien de trop étrange.

Un jour, en traversant la place Saint-Sulpice, Bianchon aperçut son maître entrant dans l'église vers neuf heures du matin. Desplein, qui ne faisait jamais alors un pas sans son cabriolet, était à pied, et se coulait par la porte de la rue du Petit-Lion, comme s'il fût entré dans une maison suspecte. Naturellement pris de curiosité, l'interne qui connaissait les opinions de son maître, et qui était *Cabaniste* en dyable par un *y* grec (ce qui semble dans Rabelais une supériorité de diablerie), Bianchon se glissa dans Saint-Sulpice, et ne fut pas médiocrement étonné de voir le grand Desplein, cet athée sans pitié pour les anges qui n'offrent point prise aux bistouris, et ne peuvent avoir ni fistules ni gastrites, enfin, cet intrépide *dériseur*, humblement agenouillé, et où ?... à la chapelle de la Vierge devant laquelle il écouta une messe, donna pour les frais du culte, donna pour les pauvres, en restant sérieux comme s'il se fût agi d'une opération.

– Il ne venait, certes, pas éclaircir des questions relatives à l'accouchement de la Vierge, disait Bianchon dont l'étonnement fut sans bornes. Si je l'avais vu tenant, à la Fête-Dieu, un des cordons du dais, il n'y aurait eu qu'à rire ; mais à cette heure, seul, sans témoins, il y a, certes, de quoi faire penser !

Bianchon ne voulut pas avoir l'air d'espionner le premier chirurgien de l'Hôtel-Dieu, il s'en alla. Par hasard, Desplein l'invita ce jour-là même à dîner avec lui, hors de chez lui, chez un restaurateur. Entre la poire et le fromage Bianchon arriva, par d'habiles préparations, à parler de la messe, en la qualifiant de momerie et de farce.

– Une farce, dit Desplein, qui a coûté plus de sang à la chrétienté que toutes les batailles de Napoléon et que toutes les sangsues de Broussais ! La messe est une invention papale qui ne remonte pas plus haut que le VIe siècle, et que l'on a basée sur *Hoc est corpus*. Combien de torrents de sang n'a-t-il pas fallu verser pour établir la Fête-Dieu par l'institution de laquelle la cour de Rome a voulu constater sa victoire dans l'affaire de la Présence Réelle, schisme qui pendant trois siècles a troublé l'Église ! Les guerres du comte de Toulouse et les Albigeois sont la queue de cette affaire. Les Vaudois et les Albigeois se refusaient à reconnaître cette innovation.

Enfin Desplein prit plaisir à se livrer à toute sa verve d'athée, et ce fut un flux de plaisanteries voltairiennes, ou, pour être plus exact, une détestable contrefaçon du *Citateur*.

– Ouais ! se dit Bianchon en lui-même, où est mon dévot de ce matin ?

Il garda le silence, il douta d'avoir vu son chef à Saint-Sulpice. Desplein n'eût pas pris la peine de mentir à Bianchon : ils se connaissaient trop bien tous deux, ils avaient déjà, sur des points tout aussi graves, échangé des pensées, discuté des systèmes *de natura rerum* en les sondant ou les disséquant avec les couteaux et le scalpel de l'Incrédulité. Trois mois se passèrent. Bianchon ne donna point de suite à ce fait, quoiqu'il restât gravé dans sa mémoire. Dans cette année, un jour, l'un des médecins de l'Hôtel-Dieu prit Desplein par le bras devant Bianchon, comme pour l'interroger.

– Qu'alliez-vous donc faire à Saint-Sulpice, mon cher maître ? lui dit-il.

– Y voir un prêtre qui a une carie au genou, et que madame la duchesse d'Angoulême m'a fait l'honneur de me recommander, dit Desplein.

Le médecin se paya de cette défaite, mais non Bianchon.

– Ah ! il va voir des genoux malades dans l'église ! Il allait entendre sa messe, se dit l'interne.

Bianchon se promit de guetter Desplein ; il se rappela le jour, l'heure auxquels il l'avait surpris entrant à Saint-Sulpice, et se promit d'y venir l'année suivante au même jour et à la même heure, afin de savoir s'il l'y surprendrait encore. En ce cas, la périodicité de sa dévotion autoriserait une investigation scientifique, car il ne devait pas se rencontrer chez un tel homme une contradiction directe entre la pensée et l'action. L'année suivante, au jour et à l'heure dits, Bianchon, qui déjà n'était plus l'interne de Desplein, vit le cabriolet du chirurgien s'arrêtant au coin de la rue de Tournon et de celle du Petit-Lion, d'où son ami s'en alla jésuitiquement le long des murs à Saint-Sulpice, où il entendit encore sa messe à l'autel de la Vierge. C'était bien Desplein ! le chirurgien en chef, l'athée *in petto*, le dévot par hasard. L'intrigue s'embrouillait. La persistance de cet illustre savant compliquait tout. Quand Desplein fut sorti, Bianchon s'approcha du sacristain qui vint desservir la chapelle, et lui demanda si ce monsieur était un habitué.

– Voici vingt ans que je suis ici, dit le sacristain, et depuis ce temps monsieur Desplein vient quatre fois par an entendre cette messe ; il l'a fondée.

– Une fondation faite par lui ! dit Bianchon en s'éloignant. Ceci vaut le mystère de l'Immaculée Conception, une chose qui, à elle seule, doit rendre un médecin incrédule.

Il se passa quelque temps sans que le docteur Bianchon, quoique ami de Desplein, fût en position de lui parler de cette particularité de sa vie. S'ils se rencontraient en consultation ou dans le monde, il était difficile de trouver ce moment de confiance et de solitude où l'on demeure les pieds sur les chenets, la tête appuyée sur le dos d'un fauteuil, et pendant lequel deux hommes se disent leurs secrets. Enfin, à sept ans de distance, après la révolution de 1830, quand le peuple se ruait sur l'Archevêché, quand les inspirations républicaines le poussaient à détruire les croix dorées qui poindaient, comme des éclairs, dans l'immensité de cet océan de maisons ; quand l'Incrédulité, côte à côte avec l'Émeute, se carrait dans les rues, Bianchon surprit Desplein entrant encore dans Saint-Sulpice. Le docteur l'y suivit, se mit près de lui, sans que son ami lui fît le moindre signe ou témoignât la moindre surprise. Tous deux entendirent la messe de fondation.

– Me direz-vous, mon cher, dit Bianchon à Desplein quand ils sortirent de l'église, la raison de votre capucinade ? Je vous ai déjà surpris trois fois allant à la messe, vous ! Vous me ferez raison de ce mystère, et m'expliquerez ce désaccord flagrant entre vos opinions et votre conduite. Vous ne croyez pas en Dieu, et vous allez à la messe ! Mon cher maître, vous êtes tenu de me répondre.

– Je ressemble à beaucoup de dévots, à des hommes profondément religieux en apparence, mais tout aussi athées que nous pouvons l'être, vous et moi.

Et ce fut un torrent d'épigrammes sur quelques personnages politiques, dont le plus connu nous offre en ce siècle une nouvelle édition du Tartufe de Molière.

– Je ne vous demande pas tout cela, dit Bianchon, je veux savoir la raison de ce que vous venez de faire ici, pourquoi vous avez fondé cette messe.

– Ma foi, mon cher ami, dit Desplein, je suis sur le bord de ma tombe, je puis bien vous parler des commencements de ma vie.

En ce moment Bianchon et le grand homme se trouvaient dans la rue des Quatre-Vents, une des plus horribles rues de Paris. Desplein montra le sixième étage d'une de ces maisons qui ressemblent à un obélisque, dont la porte bâtarde donne sur une allée au bout de laquelle est un tortueux escalier éclairé par des jours justement nommés des *jours de souffrance*. C'était une maison verdâtre au rez-de-chaussée de laquelle habitait un marchand de meubles, et qui paraissait loger à chacun de ses étages une différente misère. En levant le bras par un mouvement plein d'énergie, Desplein dit à Bianchon : – J'ai demeuré là-haut deux ans !

– Je le sais, d'Arthez y a demeuré, j'y suis venu presque tous les jours pendant ma première jeunesse, nous l'appelions alors le *bocal aux grands hommes* ! Après ?

– La messe que je viens d'entendre est liée à des événements qui se sont accomplis alors que j'habitais la mansarde où vous me dites qu'a demeuré d'Arthez, celle à la fenêtre de laquelle flotte une corde chargée de linge au-dessus d'un pot de fleurs. J'ai eu de si rudes commencements, mon cher Bianchon, que je puis disputer à qui que ce soit la palme des souffrances parisiennes. J'ai tout supporté : faim, soif, manque d'argent, manque d'habits, de chaussure et de linge, tout ce que la misère a de plus dur. J'ai soufflé sur mes doigts engourdis dans ce *bocal aux grands hommes*, que je voudrais aller revoir avec vous. J'ai travaillé pendant un hiver en voyant fumer ma tête, et distinguant l'aire de ma transpiration comme nous voyons celle des chevaux par un jour de gelée. Je ne sais où l'on prend son point d'appui pour résister à cette vie. J'étais seul, sans secours, sans un sou ni pour acheter des livres ni pour payer les frais de mon éducation médicale ; sans un ami : mon caractère irascible, ombrageux, inquiet me desservait. Personne ne voulait voir dans mes irritations le malaise et le travail d'un homme qui, du fond de l'état social où il est, s'agite pour arriver à la surface. Mais j'avais, je puis vous le dire, à vous devant qui je n'ai pas besoin de me draper, j'avais ce lit de bons sentiments et de sensibilité vive qui sera toujours l'apanage des hommes assez forts pour grimper sur un sommet quelconque, après avoir piétiné longtemps dans les marécages de la Misère. Je ne pouvais rien tirer de ma famille, ni de mon pays, au delà de l'insuffisante pension qu'on me faisait. Enfin, à cette époque, je mangeais le matin un petit pain que le boulanger de la rue du Petit-Lion me vendait moins cher parce qu'il était de la veille ou de l'avant-veille, et je l'émiettais dans du lait : mon repas du matin ne me coûtait ainsi que deux sous. Je ne dînais que tous les deux jours dans une pension où le dîner coûtait seize sous. Je ne dépensais ainsi que neuf sous par jour. Vous connaissez aussi bien que moi quel soin je pouvais avoir de mes habits et de ma chaussure ! Je ne sais pas si plus tard nous éprouvons autant de chagrin par la trahison d'un confrère que nous en avons éprouvé, vous comme moi, en apercevant la rieuse grimace d'un soulier qui se découd, en entendant craquer l'entournure d'une redingote. Je ne buvais que de l'eau, j'avais le plus grand respect pour les Cafés. Zoppi m'apparaissait comme une terre promise où les Lucullus du pays latin avaient seuls droit de présence. – Pourrais-je jamais, me disais-je parfois, y prendre une tasse de café à la crème, y jouer une partie de dominos ? Enfin, je reportais dans mes travaux la rage que m'inspirait la misère. Je tâchais d'accaparer des connaissances positives afin d'avoir une immense valeur personnelle, pour mériter la place à laquelle j'arriverais le jour où je serais sorti de mon néant. Je consommais plus d'huile que de pain : la lumière qui m'éclairait pendant ces nuits obstinées me coûtait plus cher que ma nourriture. Ce duel a été long, opiniâtre, sans consolation. Je ne réveillais aucune sympathie autour de moi. Pour avoir des amis, ne faut-il pas se lier avec des jeunes gens, posséder quelques sous afin d'aller gobeloter avec eux, se rendre ensemble partout où vont des étudiants ! Je n'avais rien ! Et personne à Paris ne se figure que *rien* est *rien*. Quand il s'agissait de découvrir mes misères, j'éprouvais au gosier cette contraction nerveuse qui fait croire à nos malades qu'il leur remonte une boule de l'œsophage dans le larynx. J'ai plus tard rencontré de ces gens, nés riches, qui, n'ayant jamais manqué de rien, ne connaissent pas le problème de cette règle de trois : *Un jeune homme* EST *au crime comme une pièce de cent sous* EST *à* X. Ces imbéciles dorés me disent: – Pourquoi donc faisiez-vous des dettes ?

pourquoi donc contractiez-vous des obligations onéreuses ? Ils me font l'effet de cette princesse qui, sachant que le peuple crevait de faim, disait : – Pourquoi n'achète-t-il pas de la brioche ? Je voudrais bien voir l'un de ces riches, qui se plaint que je lui prends trop cher quand il faut l'opérer, seul dans Paris, sans sou ni maille, sans un ami, sans crédit, et forcé de travailler de ses cinq doigts pour vivre ? Que ferait-il ? où irait-il apaiser sa faim ? Bianchon, si vous m'avez vu quelquefois amer et dur, je superposais alors mes premières douleurs sur l'insensibilité, sur l'égoïsme desquels j'ai eu des milliers de preuves dans les hautes sphères ; ou bien je pensais aux obstacles que la haine, l'envie, la jalousie, la calomnie ont élevés entre le succès et moi. À Paris, quand certaines gens vous voient prêts à mettre le pied à l'étrier, les uns vous tirent par le pan de votre habit, les autres lâchent la boucle de la sous-ventrière pour que vous vous cassiez la tête en tombant ; celui-ci vous déferre le cheval, celui-là vous vole le fouet : le moins traître est celui que vous voyez venir pour vous tirer un coup de pistolet à bout portant. Vous avez assez de talent, mon cher enfant, pour connaître bientôt la bataille horrible, incessante que la médiocrité livre à l'homme supérieur. Si vous perdez vingt-cinq louis un soir, le lendemain vous serez accusé d'être un joueur, et vos meilleurs amis diront que vous avez perdu la veille vingt-cinq mille francs. Ayez mal à la tête, vous passerez pour un fou. Ayez une vivacité, vous serez insociable. Si, pour résister à ce bataillon de pygmées, vous rassemblez en vous des forces supérieures, vos meilleurs amis s'écrieront que vous voulez tout dévorer, que vous avez la prétention de dominer, de tyranniser. Enfin vos qualités deviendront des défauts, vos défauts deviendront des vices, et vos vertus seront des crimes. Si vous avez sauvé quelqu'un, vous l'aurez tué ; si votre malade reparaît, il sera constant que vous aurez assuré le présent aux dépens de l'avenir ; s'il n'est pas mort, il mourra. Bronchez, vous serez tombé ! Inventez quoi que ce soit, réclamez vos droits, vous serez un homme difficultueux, un homme fin, qui ne veut pas laisser arriver les jeunes gens. Ainsi, mon cher, si je ne crois pas en Dieu, je crois encore moins à l'homme. Ne connaissez-vous pas en moi un Desplein entièrement différent du Desplein de qui chacun médit ? Mais ne fouillons pas dans ce tas de boue. Donc, j'habitais cette maison, j'étais à travailler pour pouvoir passer mon premier examen, et je n'avais pas un liard. Vous savez ! j'étais arrivé à l'une de ces dernières extrémités où l'on se dit : *Je m'engagerai !* J'avais un espoir. J'attendais de mon pays une malle pleine de linge, un présent de ces vieilles tantes qui, ne connaissant rien de Paris, pensent à vos chemises, en s'imaginant qu'avec trente francs par mois leur neveu mange des ortolans. La malle arriva pendant que j'étais à l'École : elle avait coûté quarante francs de port ; le portier, un cordonnier allemand logé dans une soupente, les avait payés et gardait la malle. Je me suis promené dans la rue des Fossés-Saint-Germain-des-Prés et dans la rue de l'École-de-Médecine, sans pouvoir inventer un stratagème qui me livrât ma malle sans être obligé de donner les quarante francs que j'aurais naturellement payés après avoir vendu le linge. Ma stupidité me fit deviner que je n'avais pas d'autre vocation que la chirurgie. Mon cher, les âmes délicates, dont la force s'exerce dans une sphère élevée, manquent de cet esprit d'intrigue, fertile en ressources, en combinaisons ; leur génie, à elles, c'est le hasard : elles ne cherchent pas, elles rencontrent. Enfin, je revins à la nuit, au moment où rentrait mon voisin, un porteur d'eau nommé Bourgeat, un homme de Saint-Flour. Nous nous connaissions comme se connaissent deux locataires qui ont chacun leur chambre sur le même carré, qui s'entendent dormant, toussant, s'habillant, et qui finissent par s'habituer l'un à l'autre. Mon voisin m'apprit que le propriétaire, auquel je devais trois termes, m'avait mis à la porte : il me faudrait déguerpir le lendemain. Lui-même était chassé à cause de sa profession. Je passai la nuit la plus douloureuse de ma vie. – Où prendre un commissionnaire pour emporter mon pauvre ménage, mes livres ? comment payer le commissionnaire et le portier ? où aller ? Ces questions insolubles, je les répétais dans les larmes, comme les fous redisent leurs refrains. Je dormis. La misère a pour elle un divin sommeil plein de beaux rêves. Le lendemain matin, au moment où je mangeais mon écuellée de pain émietté dans mon lait, Bourgeat entre et me dit en mauvais français : « Monchieur l'étudiant, che chuis un pauvre homme, enfant trouvé de l'hospital de Chain-Flour, chans père ni mère, et qui ne chuis pas achez riche pour me marier. Vous n'êtes pas non plus fertile en parents, ni garni de che qui che compte ? Écoutez, j'ai en bas une charrette à bras que j'ai louée à deux chous l'heure, toutes nos affaires peuvent y tenir ; si vous voulez, nous chercherons à nous loger de compagnie, puisque nous chommes chassés d'ici. Che n'est pas après tout le paradis terrestre. – Je le sais bien, lui dis-je, mon brave Bourgeat. Mais je suis bien embarrassé, j'ai en bas une malle qui contient pour cent écus de linge, avec lequel je pourrais payer le propriétaire et ce que je dois au portier, et je n'ai pas cent sous. – Bah ! j'ai quelques monnerons, me répondit joyeusement Bourgeat en me montrant une vieille bourse en cuir crasseux. Gardez votre linge. » Bourgeat paya mes trois termes, le sien, et solda le portier. Puis, il mit nos meubles, mon linge dans sa charrette, et la traîna par les rues en s'arrêtant devant chaque maison où pendait un écriteau. Moi, je montais pour aller voir si le local à louer pouvait nous convenir. À midi nous errions encore dans le quartier latin sans y avoir rien trouvé. Le prix était un grand obstacle. Bourgeat me proposa de déjeuner chez un marchand de vin, à la porte duquel nous laissâmes la charrette. Vers le soir, je découvris dans la cour de Rohan, passage du Commerce, en haut d'une maison, sous les toits, deux chambres séparées par l'escalier. Nous eûmes chacun pour soixante francs de loyer par an. Nous voilà casés, moi et mon humble ami. Nous dînâmes ensemble. Bourgeat, qui gagnait environ cinquante sous par jour, possédait environ cent écus, il allait bientôt pouvoir réaliser son ambition en achetant un tonneau et un cheval. En apprenant ma situation, car il me tira mes secrets avec une profondeur matoise et une bonhomie dont le souvenir me remue encore aujourd'hui le cœur, il renonça pour quelque temps à l'ambition de toute sa vie : Bourgeat était marchand à la voie depuis vingt-deux ans, il sacrifia ses cent écus à mon avenir.

Ici Desplein serra violemment le bras de Bianchon.

– Il me donna l'argent nécessaire à mes examens ! Cet homme, mon ami, comprit que j'avais une mission, que les besoins de mon intelligence passaient avant les siens. Il s'occupa de moi, il m'appelait son *petit*, il me prêta l'argent nécessaire à mes achats de livres, il venait quelquefois tout doucement me voir travaillant ; enfin il prit des précautions maternelles pour que je substituasse à la nourriture insuffisante et mauvaise à laquelle j'étais condamné, une nourriture saine et abondante. Bourgeat, homme d'environ quarante ans, avait une figure bourgeoise du moyen âge, un front bombé, une tête qu'un peintre aurait pu faire poser comme modèle pour un Lycurgue. Le pauvre homme se sentait le cœur gros d'affections à placer ; il n'avait jamais été aimé que par un caniche mort depuis peu de temps, et dont il me parlait toujours en me demandant si je croyais que l'Église consentirait à dire des messes pour le repos de son âme. Son chien était, disait-il, un vrai chrétien, qui, durant douze années, l'avait accompagné à l'église sans avoir jamais aboyé, écoutant les orgues sans ouvrir la gueule, et restant accroupi près de lui d'un air qui lui faisait croire qu'il priait avec lui. Cet homme reporta sur moi toutes ses affections : il m'accepta comme un être seul et souffrant ; il devint pour moi la mère la plus attentive, le bienfaiteur le plus délicat, enfin l'idéal de cette vertu qui se complaît dans son œuvre. Quand je le rencontrais dans la rue, il me jetait un regard d'intelligence plein d'une inconcevable noblesse : il affectait alors de marcher comme s'il ne portait rien, il paraissait heureux de me voir en bonne santé, bien vêtu. Ce fut enfin le dévouement du peuple, l'amour de la grisette reporté dans une sphère élevée. Bourgeat faisait mes commissions, il m'éveillait la nuit aux heures dites, il nettoyait ma lampe, frottait notre palier ; aussi bon domestique que bon père, et propre comme une fille anglaise. Il faisait le ménage. Comme Philopémen, il sciait notre bois, et communiquait à toutes ses actions la simplicité du faire, en y gardant sa dignité, car il semblait comprendre que le but ennoblissait tout. Quand je quittai ce brave homme pour entrer à l'Hôtel-Dieu comme interne, il éprouva je ne sais quelle douleur morne en songeant qu'il ne pourrait plus vivre avec moi ; mais il se consola par la perspective d'amasser l'argent nécessaire aux dépenses de ma thèse, et il me fit promettre de le venir voir les jours de sortie. Bourgeat était fier de moi, il m'aimait pour moi et pour lui. Si vous recherchiez ma thèse, vous verriez qu'elle lui a été dédiée. Dans la dernière année de mon internat, j'avais gagné assez d'argent pour rendre tout ce que je devais à ce digne Auvergnat en lui achetant un cheval et un tonneau, il fut outré de colère de savoir que je me privais de mon argent, et néanmoins il était enchanté de voir ses souhaits réalisés ; il riait et me grondait, il regardait son tonneau, son cheval, et s'essuyait une larme en me disant : – C'est mal ! Ah ! le beau tonneau ! Vous avez eu tort, le cheval est fort comme un Auvergnat. Je n'ai rien vu de plus touchant que cette scène. Bourgeat voulut absolument m'acheter cette trousse garnie en argent que vous avez vue dans mon cabinet, et qui en est pour moi la chose la plus précieuse. Quoique enivré par mes premiers succès il ne lui est jamais échappé la moindre parole, le moindre geste qui voulussent dire : *C'est à moi qu'est dû cet homme !* Et cependant sans lui la misère m'aurait tué. Le pauvre homme s'était exterminé pour moi : il n'avait mangé que du pain frotté d'ail, afin que j'eusse du café pour suffire à mes veilles. Il tomba malade. J'ai passé, comme vous l'imaginez, les nuits à son chevet, je l'ai tiré d'affaire la première fois ; mais il eut une rechute deux ans après, et malgré les soins les plus assidus, malgré les plus grands efforts de la science, il dut succomber. Jamais roi ne fut soigné comme il le fut. Oui, Bianchon, j'ai tenté, pour arracher cette vie à la mort, des choses inouïes. Je voulais le faire vivre assez pour le rendre témoin de son ouvrage, pour lui réaliser tous ses vœux, pour satisfaire la seule reconnaissance qui m'ait empli le cœur, pour éteindre un foyer qui me brûle encore aujourd'hui !

– Bourgeat, reprit après une pause Desplein visiblement ému, mon second père est mort dans mes bras, me laissant tout ce qu'il possédait par un testament qu'il avait fait chez un écrivain public, et daté de l'année où nous étions venus nous loger dans la cour de Rohan. Cet homme avait la foi du charbonnier. Il aimait la sainte Vierge comme il eût aimé sa femme. Catholique ardent, il ne m'avait jamais dit un mot sur mon irréligion. Quand il fut en danger, il me pria de ne rien ménager pour qu'il eût les secours de l'Église. Je fis dire tous les jours la messe pour lui. Souvent, pendant la nuit, il me témoignait des craintes sur son avenir, il craignait de ne pas avoir vécu assez saintement. Le pauvre homme ! il travaillait du matin au soir. À qui donc appartiendrait le paradis, s'il y a un paradis ? Il a été administré comme un saint qu'il était, et sa mort fut digne de sa vie. Son convoi ne fut suivi que par moi. Quand j'eus mis en terre mon unique bienfaiteur, je cherchai comment m'acquitter envers lui ; je m'aperçus qu'il n'avait ni famille, ni amis, ni femme, ni enfants. Mais il croyait ! il avait une conviction religieuse, avais-je le droit de la discuter ? Il m'avait timidement parlé des messes dites pour le repos des morts, il ne voulait pas m'imposer ce devoir, en pensant que ce serait faire payer ses services. Aussitôt que j'ai pu établir une fondation, j'ai donné à Saint-Sulpice la somme nécessaire pour y faire dire quatre messes par an. Comme la seule chose que je puisse offrir à Bourgeat est la satisfaction de ses pieux désirs, le jour où se dit cette messe, au commencement de chaque saison, j'y vais en son nom, et récite pour lui les prières voulues. Je dis avec la bonne foi du douteur : « Mon Dieu, s'il est une sphère où tu mettes après leur mort ceux qui ont été parfaits, pense au bon Bourgeat ; et s'il y a quelque chose à souffrir pour lui, donne-moi ses souffrances, afin de le faire entrer plus vite dans ce que l'on appelle le paradis. » Voilà, mon cher, tout ce qu'un homme qui a mes opinions peut se permettre. Dieu doit être un bon diable, il ne saurait m'en vouloir. Je vous le jure, je donnerais ma fortune pour que la croyance de Bourgeat pût m'entrer dans la cervelle.

Bianchon, qui soigna Desplein dans sa dernière maladie, n'ose pas affirmer aujourd'hui que l'illustre chirurgien soit mort athée. Des croyants n'aimeront-ils pas à penser que l'humble Auvergnat sera venu lui ouvrir la porte du Ciel, comme il lui ouvrit jadis la porte du temple terrestre au fronton duquel se lit : *Aux grands hommes la patrie reconnaissante !*

Paris, janvier 1836.

Esquisse d'homme d'affaires d'après nature

À Monsieur le baron James Rothschild,
Consul général d'Autriche à Paris, banquier.

Lorette est un mot décent inventé pour exprimer l'état d'une fille ou la fille d'un état difficile à nommer, et que, dans sa pudeur, l'Académie Française a négligé de définir, vu l'âge de ses quarante membres. Quand un nom nouveau répond à un cas social qu'on ne pouvait pas dire sans périphrases, la fortune de ce mot est faite. Aussi *la Lorette* passa-t-elle dans toutes les classes de la société, même dans celles où ne passera jamais une Lorette. Le mot ne fut fait qu'en 1840, sans doute à cause de l'agglomération de ces nids d'hirondelles autour de l'église dédiée à Notre-Dame-de-Lorette. Ceci n'est écrit que pour les étymologistes. Ces messieurs ne seraient pas tant embarrassés si les écrivains du Moyen Âge avaient pris le soin de détailler les mœurs, comme nous le faisons dans ce temps d'analyse et de description. Mademoiselle Turquet, ou Malaga, car elle est beaucoup plus connue sous son nom de guerre (Voir *la Fausse Maîtresse*), est l'une des premières paroissiennes de cette charmante église. Cette joyeuse et spirituelle fille, ne possédant que sa beauté pour fortune, faisait, au moment où cette histoire se conta, le bonheur d'un notaire qui trouvait dans sa notaresse une femme un peu trop dévote, un peu trop roide, un peu trop sèche pour trouver le bonheur au logis. Or, par une soirée de carnaval, maître Cardot avait régalé, chez mademoiselle Turquet, Desroches l'avoué, Bixiou le caricaturiste, Lousteau le feuilletoniste, Nathan, dont les noms illustres dans *la Comédie humaine* rendent superflus toute espèce de portrait. Le jeune la Palferine, dont le titre de comte de vieille roche, roche sans aucun filon de métal hélas ! avait honoré de sa présence le domicile illégal du notaire. Si l'on ne dîne pas chez une Lorette pour y manger le bœuf patriarcal, le maigre poulet de la table conjugale et la salade de famille, on n'y tient pas non plus les discours hypocrites qui ont cours dans un salon meublé de vertueuses bourgeoises. Ah ! quand les bonnes mœurs seront-elles attrayantes ? Quand les femmes du grand monde montreront-elles un peu moins leurs épaules et un peu plus de bonhomie ou d'esprit ? Marguerite Turquet, l'Aspasie du Cirque-Olympique, est une de ces natures franches et vives à qui l'on pardonne tout à cause de sa naïveté dans la faute et de son esprit dans le repentir, à qui l'on dit, comme Cardot, assez spirituel quoique notaire pour le dire : – Trompe-moi bien ! Ne croyez pas néanmoins à des énormités. Desroches et Cardot étaient deux trop bons enfants et trop vieillis dans le métier pour ne pas être de plain-pied avec Bixiou, Lousteau, Nathan et le jeune comte. Et ces messieurs, ayant eu souvent recours aux deux officiers ministériels, les connaissaient trop pour, en style lorette, les *faire poser*. La conversation, parfumée des odeurs de sept cigares, fantasque d'abord comme une chèvre en liberté, s'arrêta sur la stratégie que crée à Paris la bataille incessante qui s'y livre entre les créanciers et les débiteurs. Or, si vous daignez vous souvenir de la vie et des antécédents des convives, vous eussiez difficilement trouvé dans Paris des gens plus instruits en cette matière : les uns émérites, les autres artistes, ils ressemblaient à des magistrats riant avec des justiciables. Une suite de dessins faits par Bixiou sur Clichy avait été la cause de la tournure que prenait le discours. Il était minuit. Ces personnages, diversement groupés dans le salon autour d'une table et devant le feu, se livraient à ces charges qui non seulement ne sont compréhensibles et possibles qu'à Paris, mais encore qui ne se font et ne peuvent être comprises que dans la zone décrite par le faubourg Montmartre et par la rue de la Chaussée-d'Antin, entre les hauteurs de la rue de Navarin et la ligne des boulevards.

En dix minutes, les réflexions profondes, la grande et la petite morale, tous les quolibets furent épuisés sur ce sujet, épuisé déjà vers 1500 par Rabelais. Ce n'est pas un petit mérite que de renoncer à ce feu d'artifice terminé par cette dernière fusée due à Malaga.

– Tout ça tourne au profit des bottiers, dit-elle. J'ai quitté une modiste qui m'avait manqué deux chapeaux. La rageuse est venue vingt-sept fois me demander vingt francs. Elle ne savait pas que nous n'avons jamais vingt francs. On a mille francs, on envoie chercher cinq cents francs chez son notaire ; mais vingt francs, je ne les ai jamais eus. Ma cuisinière ou ma femme de chambre ont peut-être vingt francs à elles deux. Moi, je n'ai que du crédit, et je le perdrais en empruntant vingt francs. Si je demandais vingt francs, rien ne me distinguerait plus de mes *confrères* qui se promènent sur le boulevard.

– La modiste est-elle payée ? dit la Palferine.

– Ah ! çà, deviens-tu bête, toi ? dit-elle à la Palferine en clignant, elle est venue ce matin pour la vingt-septième fois, voilà pourquoi je vous en parle.

– Comment avez-vous fait ? dit Desroches.

– J'ai eu pitié d'elle, et... je lui ai commandé le petit chapeau que j'ai fini par inventer pour sortir des formes connues. Si mademoiselle Amanda réussit, elle ne me demandera plus rien : sa fortune est faite.

– Ce que j'ai vu de plus beau dans ce genre de lutte, dit maître Desroches, peint, selon moi, Paris, pour des gens qui le pratiquent, beaucoup mieux que tous les tableaux où l'on peint toujours un Paris fantastique. Vous croyez être bien forts, vous autres, dit-il en regardant Nathan et Lousteau, Bixiou et la Palferine ; mais le roi, sur ce terrain, est un certain comte qui maintenant s'occupe de faire une fin, et qui, dans son temps, a passé pour le plus habile, le plus adroit, le plus renaré, le plus instruit, le plus hardi, le plus subtil, le plus ferme, le plus prévoyant de tous les corsaires à gants jaunes, à cabriolet, à belles manières qui naviguèrent, naviguent et navigueront sur la mer orageuse de Paris. Sans foi ni loi, sa politique privée a été dirigée par les principes qui dirigent celle du cabinet anglais. Jusqu'à son mariage, sa vie fut une guerre continuelle comme celle de... Lousteau, dit-il. J'étais et suis encore son avoué.

– Et la première lettre de son nom est Maxime de Trailles, dit la Palferine.

– Il a d'ailleurs tout payé, n'a fait de tort à personne, reprit Desroches ; mais, comme le disait tout à l'heure notre ami Bixiou, payer en mars ce qu'on ne veut payer qu'en octobre est un attentat à la liberté individuelle. En vertu d'un article de son code particulier, Maxime considérait comme une escroquerie la ruse qu'un de ses créanciers employait pour se faire payer immédiatement. Depuis longtemps, la lettre de change avait été comprise par lui dans toutes ses conséquences immédiates et médiates. Un jeune homme appelait, chez moi, devant lui, la lettre de change : – « Le pont-aux-ânes ! – Non, dit-il, c'est le pont-des-soupirs, on n'en revient pas. » Aussi sa science en fait de jurisprudence commerciale était-elle si complète qu'un agréé ne lui aurait rien appris. Vous savez qu'alors il ne possédait rien, sa voiture, ses chevaux étaient loués, il demeurait chez son valet de chambre, pour qui, dit-on, il sera toujours un grand homme, même après le mariage qu'il veut faire ! Membre de trois clubs, il y dînait quand il n'avait aucune invitation en ville. Généralement il usait peu de son domicile...

– Il m'a dit, à moi, s'écria la Palferine en interrompant Desroches : « Ma seule fatuité, c'est de prétendre que je demeure rue Pigale. »

– Voilà l'un des deux combattants, reprit Desroches, maintenant voici l'autre. Vous avez entendu plus ou moins parler d'un certain Claparon...

– Il avait les cheveux comme ça, s'écria Bixiou en ébouriffant sa chevelure.

Et, doué du même talent que Chopin le pianiste possède à un si haut degré pour contrefaire les gens, il représenta le personnage à l'instant avec une effrayante vérité.

– Il roule ainsi sa tête en parlant, il a été commis-voyageur, il a fait tous les métiers...

– Eh ! bien, il est né pour voyager, car il est, à l'heure où je parle, en route pour l'Amérique, dit Desroches. Il n'y a plus de chance que là pour lui, car il sera probablement condamné par contumace pour banqueroute frauduleuse à la prochaine session.

– Un homme à la mer ! cria Malaga.

– Ce Claparon, reprit Desroches, fut pendant six à sept ans le paravent, l'homme de paille, le bouc émissaire de deux de nos amis, Du Tillet et Nucingen ; mais, en 1829, son rôle fut si connu que...

– Nos amis l'ont lâché, dit Bixiou.

– Enfin ils l'abandonnèrent à sa destinée ; et, reprit Desroches, il roula dans la fange. En 1833, il s'était associé pour faire des affaires avec un nommé Cérizet...

– Comment ! celui qui, lors des entreprises en commandite en fit une si gentiment combinée que la Sixième Chambre l'a foudroyé par deux ans de prison ? demanda la Lorette.

– Le même, répondit Desroches. Sous la Restauration, le métier de ce Cérizet consista, de 1823 à 1827, à signer intrépidement des articles poursuivis avec acharnement par le Ministère Public, et d'aller en prison. Un homme s'illustrait alors à bon marché. Le parti libéral appela son champion départemental LE COURAGEUX CÉRIZET. Ce zèle fut récompensé, vers 1828, par *l'intérêt général*. L'intérêt général était une espèce de couronne civique décernée par les journaux. Cérizet voulut escompter l'intérêt général ; il vint à Paris, où, sous le patronage des banquiers de la Gauche, il débuta par une agence d'affaires, entremêlée d'opérations de banque, de fonds prêtés par un homme qui s'était banni lui-même, un joueur trop habile, dont les fonds, en juillet 1830, ont sombré de compagnie avec le vaisseau de l'État...

– Eh ! c'est celui que nous avions surnommé la Méthode des cartes... s'écria Bixiou.

– Ne dites pas de mal de ce pauvre garçon, s'écria Malaga. D'Estourny était un bon enfant !

– Vous comprenez le rôle que devait jouer en 1830 un homme ruiné qui se nommait, politiquement parlant, le Courageux-Cérizet ! Il fut envoyé dans une très jolie sous-préfecture, reprit Desroches. Malheureusement pour Cérizet, le pouvoir n'a pas autant d'ingénuité qu'en ont les partis, qui, pendant la lutte, font projectile de tout. Cérizet fut obligé de donner sa démission après trois mois d'exercice ! Ne s'était-il pas avisé de vouloir être populaire ? Comme il n'avait encore rien fait pour perdre son titre de noblesse (le Courageux Cérizet !) le Gouvernement lui proposa, comme indemnité, de devenir gérant d'un journal d'Opposition qui serait ministériel *in petto*. Ainsi ce fut le Gouvernement qui dénatura ce beau caractère. Cérizet se trouvant un peu trop, dans sa gérance, comme un oiseau sur une branche pourrie, se lança dans cette gentille commandite où le malheureux a, comme vous venez de le dire, attrapé deux ans de prison, là où de plus habiles ont attrapé le public.

– Nous connaissons les plus habiles, dit Bixiou, ne médisons pas de ce pauvre garçon, il est pipé ! Couture se laisser pincer sa caisse, qui l'aurait jamais cru !

– Cérizet est d'ailleurs un homme ignoble, et que les malheurs d'une débauche de bas étage ont défiguré, reprit Desroches. Revenons au duel promis ! Donc, jamais deux industriels de plus mauvais genre, de plus mauvaises mœurs, plus ignobles de tournure, ne s'associèrent pour faire un plus sale commerce. Comme fonds de roulement, ils comptaient cette espèce d'argot que donne la connaissance de Paris : la hardiesse que donne la misère, la ruse que donne l'habitude des affaires, la science que donne la mémoire des fortunes parisiennes, de leur origine, des parentés, des accointances et des valeurs intrinsèques de chacun. Cette association de deux *carotteurs*, passez-moi ce mot, le seul qui puisse, dans l'argot de la Bourse, vous les définir, fut de peu de durée. Comme deux chiens affamés, ils se battirent à chaque charogne. Les premières spéculations de la maison Cérizet et Claparon furent cependant assez bien entendues. Ces deux drôles s'abouchèrent avec les Barbet, les Chaboisseau, les Samanon et autres usuriers auxquels ils achetèrent des créances désespérées. L'agence Claparon siégeait alors dans un petit entresol de la rue Chabannais, composé de cinq pièces et dont le loyer ne coûtait pas plus de sept cents francs. Chaque associé couchait dans une chambrette qui, par prudence, était si soigneusement close, que mon maître-clerc n'y put jamais pénétrer. Les Bureaux se composaient d'une antichambre, d'un salon et d'un cabinet dont les meubles n'auraient pas rendu trois cents francs à l'hôtel des Commissaires-Priseurs. Vous connaissez assez Paris pour voir la tournure des deux pièces officielles : des chaises foncées de crin, une table à tapis de drap vert, une pendule de pacotille entre deux flambeaux sous verre qui s'ennuyaient devant une petite glace à bordure dorée, sur une cheminée dont les tisons étaient, selon un mot de mon Maître-Clerc, âgés de deux hivers ! Quant au cabinet, vous le devinez : beaucoup plus de cartons que d'affaires !... un cartonnier vulgaire pour chaque associé ; puis, au milieu, le secrétaire à cylindre, vide comme la caisse ! deux fauteuils de travail de chaque côté d'une cheminée à feu de charbon de terre. Sur le carreau, s'étalait un tapis d'occasion, comme les créances. Enfin, on voyait ce meuble-meublant en acajou qui se vend dans nos Études depuis cinquante ans de prédécesseur à successeur. Vous connaissez maintenant chacun des deux adversaires. Or, dans les trois premiers mois de leur association, qui se liquida par des coups de poing au bout de sept mois, Cérizet et Claparon achetèrent deux mille francs d'effets signés Maxime (puisque Maxime il y a), et rembourrés de deux dossiers (jugement, appel, arrêt, exécution, référé), bref une créance de trois mille deux cents francs et des centimes qu'ils eurent pour cinq cents francs par un transport sous signature privée, avec procuration spéciale pour agir, afin d'éviter les frais... Dans ce temps-là, Maxime, déjà mûr, eut l'un de ces caprices particuliers aux quinquagénaires...

– Antonia ! s'écria la Palferine. Cette Antonia dont la fortune a été faite par une lettre où je lui réclamais une brosse à dents !

– Son vrai nom est Chocardelle, dit Malaga que ce nom prétentieux importunait.

– C'est cela, reprit Desroches.

– Maxime n'a commis que cette faute-là dans toute sa vie ; mais, que voulez-vous ?... le Vice n'est pas parfait ! dit Bixiou.

– Maxime ignorait encore la vie qu'on mène avec une petite fille de dix-huit ans, qui veut se jeter la tête la première par son honnête mansarde, pour tomber dans un somptueux équipage, reprit Desroches, et les hommes d'État doivent tout savoir. À cette époque, de Marsay venait d'employer son ami, notre ami, dans la haute comédie de la politique. Homme à grandes conquêtes, Maxime n'avait connu que des femmes titrées ; et, à cinquante ans, il avait bien le droit de mordre à un petit fruit soi-disant sauvage, comme un chasseur qui fait une halte dans le champ d'un paysan sous un pommier. Le comte trouva pour mademoiselle Chocardelle un cabinet littéraire assez élégant, une occasion, comme toujours...

– Bah ! elle n'y est pas restée six mois, dit Nathan, elle était trop belle pour tenir un cabinet littéraire.

– Serais-tu le père de son enfant ?... demanda la Lorette à Nathan.

– Un matin, reprit Desroches, Cérizet, qui depuis l'achat de la créance sur Maxime, était arrivé par degrés à une tenue de premier clerc d'huissier, fut introduit, après sept tentatives inutiles, chez le comte. Suzon, le vieux valet de chambre, quoique profès, avait fini par prendre Cérizet pour un solliciteur qui venait proposer mille écus à Maxime s'il voulait faire obtenir à une jeune dame un bureau de papier timbré. Suzon, sans aucune défiance sur ce petit drôle, un vrai gamin de Paris frotté de prudence par ses condamnations en police correctionnelle, engagea son maître à le recevoir. Voyez-vous cet homme d'affaires, au regard trouble, aux cheveux rares, au front dégarni, à petit habit sec et noir, en bottes crottées...

– Quelle image de la Créance ! s'écria Lousteau.

– Devant le comte, reprit Desroches (l'image de la Dette insolente), en robe de chambre de flanelle bleue, en pantoufles brodées par quelque marquise, en pantalon de lainage blanc, ayant sur ses cheveux teints en noir une magnifique calotte, une chemise éblouissante, et jouant avec les glands de sa ceinture ?...

– C'est un tableau de genre, dit Nathan, pour qui connaît le joli petit salon d'attente où Maxime déjeune, plein de tableaux d'une grande valeur, tendu de soie, où l'on marche sur un tapis de Smyrne, en admirant des étagères pleines de curiosités, de raretés à faire envie à un roi de Saxe...

– Voici la scène, dit Desroches.

Sur ce mot, le conteur obtint le plus profond silence.

« – Monsieur le comte, dit Cérizet, je suis envoyé par un monsieur Charles Claparon, ancien banquier. – Ah ! que me veut-il, le pauvre diable ?... – Mais il est devenu votre créancier pour une somme de trois mille deux cents francs soixante-quinze centimes, en capital, intérêts et frais... – La créance Coutelier, dit Maxime qui savait ses affaires comme un pilote connaît sa côte. – Oui, monsieur le comte, répond Cérizet en s'inclinant. Je viens savoir quelles sont vos intentions ? – Je ne payerai cette créance qu'à ma fantaisie, répondit Maxime en sonnant pour faire venir Suzon. Claparon est bien osé d'acheter une créance sur moi sans me consulter ! j'en suis fâché pour lui, qui, pendant si longtemps, s'est si bien comporté comme l'*homme de paille* de mes amis. Je disais de lui : Vraiment il faut être imbécile pour servir, avec si peu de gages et tant de fidélité, des hommes qui se bourrent de millions. Eh bien ! il me donne là une preuve de sa bêtise... Oui, les hommes méritent leur sort ! on chausse une couronne ou un boulet ! on est millionnaire ou portier, et tout est juste. Que voulez-vous, mon cher ? Moi, je ne suis pas un roi, je tiens à mes principes. Je suis sans pitié pour ceux qui me font des frais ou qui ne savent pas leur métier de créancier. Suzon, mon thé ! Tu vois monsieur ?... dit-il au valet de chambre. Eh bien ! tu t'es laissé attraper, mon pauvre vieux. Monsieur est un créancier, tu aurais dû le reconnaître à ses bottes. Ni mes amis, ni des indifférents qui ont besoin de moi, ni mes ennemis, ne viennent me voir à pied. Mon cher monsieur Cérizet, vous comprenez ! Vous n'essuierez plus vos bottes sur mon tapis, dit-il en regardant la crotte qui blanchissait les semelles de son adversaire... Vous ferez mes compliments de condoléance à ce pauvre Boniface de Claparon, car je mettrai cette affaire-là dans le Z. – (Tout cela se disait d'un ton de bonhomie à donner la colique à de vertueux bourgeois.) – Vous avez tort, monsieur le comte, répondit Cérizet en prenant un petit ton péremptoire, nous serons payés intégralement, et d'une façon qui pourra vous contrarier. Aussi venais-je amicalement à vous, comme cela se doit entre gens bien élevés... – Ah ! vous l'entendez ainsi ?... » reprit Maxime, que cette dernière prétention du Cérizet mit en colère. Dans cette insolence, il y avait de l'esprit à la Talleyrand, si vous avez bien saisi le contraste des deux costumes et des deux hommes. Maxime fronça les sourcils et arrêta son regard sur le Cérizet, qui non seulement soutint ce jet de rage froide, mais encore qui y répondit par cette malice glaciale que distillent les yeux fixes d'une chatte. – « Eh bien ! monsieur, sortez... – Eh bien ! adieu, monsieur le comte. Avant six mois nous serons quittes. – Si vous pouvez me *voler* le montant de votre créance, qui, je le reconnais, est légitime, je serai votre obligé, monsieur, répondit Maxime, vous m'aurez appris quelque précaution nouvelle à prendre... Bien votre serviteur... – Monsieur le comte, dit Cérizet, c'est moi qui suis le vôtre. » Ce fut net, plein de force et de sécurité de part et d'autre. Deux tigres, qui se consultent avant de se battre devant une proie, ne seraient pas plus beaux, ni plus rusés, que le furent alors ces deux natures aussi rouées l'une que l'autre, l'une dans son impertinente élégance, l'autre sous son harnais de fange. – Pour qui pariez-vous ?... dit Desroches qui regarda son auditoire surpris d'être si profondément intéressé.

– En voilà une d'histoire !... dit Malaga. Oh ! je vous en prie, allez, mon cher, ça me prend au cœur.

– Entre deux *chiens* de cette force, il ne doit se passer rien de vulgaire, dit la Palferine.

– Bah ! je parie le mémoire de mon menuisier qui me scie, que le petit crapaud a enfoncé Maxime, s'écria Malaga.

– Je parie pour Maxime, dit Cardot, on ne l'a jamais pris sans vert.

Desroches fit une pause en avalant un petit verre que lui présenta la Lorette.

– Le cabinet de lecture de mademoiselle Chocardelle, reprit Desroches, était situé rue Coquenard, à deux pas de la rue Pigale, où demeurait Maxime. Ladite demoiselle Chocardelle occupait un petit appartement donnant sur un jardin, et séparé de sa boutique par une grande pièce obscure où se trouvaient les livres. Antonia faisait tenir le cabinet par sa tante...

– Elle avait déjà sa tante ?... s'écria Malaga. Diable ! Maxime faisait bien les choses.

– C'était, hélas ! sa vraie tante, reprit Desroches, nommée... attendez !...

– Ida Bonamy... dit Bixiou.

– Donc, Antonia, débarrassée de beaucoup de soins par cette tante, se levait tard, se couchait tard, et ne paraissait à son comptoir que de deux à quatre heures, reprit Desroches. Dès les premiers jours, sa présence avait suffi pour achalander son salon de lecture ; il y vint plusieurs vieillards du quartier, entre autres un ancien carrossier, nommé Croizeau. Après avoir vu ce miracle de beauté féminine à travers les vitres, l'ancien carrossier s'ingéra de lire les journaux tous les jours dans ce salon, et fut imité par un ancien directeur des douanes, nommé Denisart, homme décoré, dans qui le Croizeau voulut voir un rival et à qui plus tard il dit : – Môsieur, *vous m'avez donné bien de la tablature !* Ce mot doit vous faire entrevoir le personnage. Ce sieur Croizeau se trouve appartenir à ce genre de petits vieillards que, depuis Henri Monnier, on devrait appeler l'Espèce-Coquerel, tant il en a bien rendu la petite voix, les petites manières, la petite queue, le petit œil de poudre, la petite démarche, les petits airs de tête, le petit ton sec dans son rôle de Coquerel de la *Famille improvisée.* Ce Croizeau disait : – Voici, belle dame ! en remettant ses deux sous à Antonia par un geste prétentieux. Madame Ida Bonamy tante de mademoiselle Chocardelle, sut bientôt par la cuisinière que l'ancien carrossier, homme d'une ladrerie excessive, était taxé à quarante mille francs de rentes dans le quartier où il demeurait, rue de Buffault. Huit jours après l'installation de la belle loueuse de romans, il accoucha de ce calembour galant : – « Vous me prêtez des livres, mais je vous rendrais bien des francs.. » Quelques jours plus tard, il prit un petit air entendu pour dire : – « Je sais que vous êtes occupée, mais mon jour viendra : je suis veuf. » Croizeau se montrait toujours avec de beau linge, avec un habit bleu-barbeau, gilet de pou-de-soie, pantalon noir, souliers à double semelle, noués avec des rubans de soie noire et craquant comme ceux d'un abbé. Il tenait toujours à la main son chapeau de soie de quatorze francs. – « Je suis vieux et sans enfants, disait-il à la jeune personne quelques jours après la visite de Cérizet chez Maxime. J'ai mes collatéraux en horreur. C'est tous paysans faits pour labourer la terre ! Figurez-vous que je suis venu de mon village avec six francs, et que j'ai fait ma fortune ici. Je ne suis pas fier... Une jolie femme est mon égale. Ne vaut-il pas mieux être madame Croizeau pendant quelque temps que la servante d'un comte pendant un an... Vous serez quittée, un jour ou l'autre. Et, vous penserez alors à moi... Votre serviteur, belle dame ! » Tout cela mitonnait sourdement. La plus légère galanterie se disait en cachette. Personne au monde ne savait que ce petit vieillard propret aimait Antonia, car la prudente contenance de cet amoureux au salon de lecture n'aurait rien appris à un rival. Croizeau se défia pendant deux mois du directeur des douanes en retraite. Mais, vers le milieu du troisième mois, il eut lieu de reconnaître combien ses soupçons étaient mal fondés. Croizeau s'ingénia de côtoyer Denisart en s'en allant de conserve avec lui, puis, en prenant sa bisque, il lui dit : « Il fait beau, môsieur !... » À quoi l'ancien fonctionnaire répondit : – « Le temps d'Austerlitz, monsieur : j'y fus... j'y fus même blessé, ma croix me vient de ma conduite dans cette belle journée... » Et, de fil en aiguille, de roue en bataille, de femme en carrosse, une liaison se fit entre ces deux débris de l'Empire. Le petit Croizeau tenait à l'Empire par ses liaisons avec les sœurs de Napoléon ; il était leur carrossier, et il les avait souvent tourmentées pour ses factures. Il se donnait donc *pour avoir eu des relations avec la famille impériale*. Maxime, instruit par Antonia des propositions que se permettait l'*agréable vieillard*, tel fut le surnom donné par la tante au rentier, voulut le voir. La déclaration de guerre de Cérizet avait eu la propriété de faire étudier à ce grand Gant-Jaune sa position sur son échiquier en en observant les moindres pièces. Or, à propos de cet agréable vieillard, il reçut dans l'entendement ce coup de cloche qui vous annonce un malheur. Un soir Maxime se mit dans le second salon obscur, autour duquel étaient placés les rayons de la bibliothèque. Après avoir examiné par une fente entre deux rideaux verts les sept ou huit habitués du salon, il jaugea d'un regard l'âme du petit carrossier ; il en évalua la passion, et fut très satisfait de savoir qu'au moment où sa fantaisie serait passée un avenir assez somptueux ouvrirait à commandement ses portières vernies à Antonia. – « Et celui-là, dit-il en désignant le gros et beau vieillard décoré de la Légion-d'Honneur, qui est-ce ? – Un ancien directeur des douanes. – Il est d'un galbe inquiétant ! » dit Maxime en admirant la tenue du sieur Denisart. En effet, cet ancien militaire se tenait droit comme un clocher, sa tête se recommandait à l'attention par une chevelure poudrée et pommadée, presque semblable à celle des *postillons* au bal masqué. Sous cette espèce de feutre moulé sur une tête oblongue se dessinait une vieille figure, administrative et militaire à la fois, mimée par un air rogue, assez semblable à celle que la Caricature a prêtée au *Constitutionnel*. Cet ancien administrateur, d'un âge, d'une poudre, d'une voussure de dos à ne rien lire sans lunettes, tendait son respectable abdomen avec tout l'orgueil d'un vieillard à maîtresse, et portait à ses oreilles des boucles d'or qui rappelaient celles du vieux général Montcornet, l'habitué du Vaudeville. Denisart affectionnait le bleu : son pantalon et sa vieille redingote, très amples, étaient de drap bleu. – « Depuis quand vient ce vieux-là ? demanda Maxime à qui les lunettes parurent d'un port suspect. – Oh ! dès le commencement, répondit Antonia, voici bientôt deux mois... – Bon, Cérizet n'est venu que depuis un mois, se dit Maxime en lui-même... Fais-le donc parler ? dit-il à l'oreille d'Antonia, je veux entendre sa voix. – Bah ! répondit-elle, ce sera difficile, il ne me dit jamais rien. – Pourquoi vient-il alors ?... demanda Maxime. – Par une drôle de raison, répliqua la belle Antonia. D'abord il a une passion, malgré ses soixante-neuf ans ; mais, à cause de ses soixante-neuf ans, il est réglé comme un cadran. Ce bonhomme-là va dîner chez sa passion, rue de la Victoire, à cinq heures, tous les jours... en voilà une malheureuse ! il sort de chez elle à six heures, vient lire pendant quatre heures tous les journaux, et il y retourne à dix heures. Le papa Croizeau dit qu'il connaît les motifs de la conduite de monsieur Denisart, il l'approuve ; et, à sa place, il agira de même. Ainsi, je connais mon avenir ! Si jamais je deviens madame Croizeau, de six à dix heures, je serai libre. Maxime examina l'Almanach des 25 000 adresses, il trouva cette ligne rassurante.

Denisart, ancien directeur des douanes, rue de la Victoire.

Il n'eut plus aucune inquiétude. Insensiblement, il se fit entre le sieur Denisart et le sieur Croizeau quelques confidences. Rien ne lie plus les hommes qu'une certaine conformité de vues en fait de femmes. Le papa Croizeau dîna chez celle qu'il nommait *la belle de monsieur Denisart*. Ici je dois placer une observation assez importante. Le cabinet de lecture avait été payé par le comte moitié comptant, moitié en billets souscrits par ladite demoiselle Chocardelle. Le quart d'heure de Rabelais arrivé, le comte se trouva sans monnaie. Or, le premier des trois billets de mille francs fut payé galamment par l'agréable carrossier, à qui le vieux scélérat de Denisart conseilla de constater son prêt en se faisant privilégier sur le cabinet de lecture – « Moi, dit Denisart, j'en ai vu de belles avec les belles !... Aussi, dans tous les cas, même quand je n'ai plus la tête à moi, je prends toujours mes précautions avec les femmes. Cette créature de qui je suis fou, eh bien, elle n'est pas dans ses meubles, elle est dans les miens. Le bail de l'appartement est en mon nom... » Vous connaissez Maxime, il trouva le carrossier très jeune ! Le Croizeau pouvait payer les trois mille francs sans rien toucher de longtemps, car Maxime se sentait plus fou que jamais d'Antonia...

– Je le crois bien, dit la Palferine, c'est la belle Impéria du Moyen Âge.

– Une femme qui a la peau rude, s'écria la Lorette, et si rude qu'elle se ruine en bains de son.

– Croizeau parlait avec une admiration de carrossier du mobilier somptueux que l'amoureux Denisart avait donné pour cadre à sa belle, il le décrivait avec une complaisance satanique à l'ambitieuse Antonia, reprit Desroches. C'était des bahuts en ébène, incrustés de nacre et de filets d'or, des tapis de Belgique, un lit Moyen Âge d'une valeur de mille écus, une horloge de Boule ; puis, dans la salle à manger, des torchères aux quatre coins, des rideaux de soie de la Chine sur laquelle la patience chinoise avait peint des oiseaux, et des portières montées sur des traverses valant plus que des portières à deux pieds. – « Voilà ce qu'il vous faudrait, belle dame... et ce que je voudrais vous offrir... disait-il en concluant. Je sais bien que vous m'aimeriez à peu près ; mais, à mon âge, on se fait une raison. Jugez combien je vous aime, puisque je vous ai prêté mille francs. Je puis vous l'avouer : de ma vie ni de mes jours, je n'ai prêté ça ! » Et il tendit les deux sous de sa séance avec l'importance qu'un savant met à une démonstration. Le soir, Antonia dit au comte, aux Variétés : – « C'est bien ennuyeux tout de même un cabinet de lecture. Je ne me sens point de goût pour cet état-là, je n'y vois aucune chance de fortune. C'est le lot d'une veuve qui veut vivoter, ou d'une fille atrocement laide qui croit pouvoir attraper un homme par un peu de toilette. – C'est ce que vous m'avez demandé », répondit le comte. En ce moment, Nucingen, à qui, la veille, le roi des Lions, car les Gants-Jaunes étaient alors devenus des Lions, avait gagné mille écus, entra les lui donner, et, en voyant l'étonnement de Maxime, il lui dit : – *Chai ressi eine obbozition à la requêde de ce tiaple te Glabaron...* – Ah ! voila leurs moyens, s'écria Maxime, ils ne sont pas forts, ceux-là... – *C'esde écal,* répondit le banquier, *bayez-les, gar ils bourraient s'atresser à t'audres que moi, et fus vaire tu dord... che brends à démoin cedde cholie phamme que che fus ai bayé ce madin, pien afant l'obbozition...*

– Reine du Tremplin, dit la Palferine en souriant, tu perdras...

– Il y avait longtemps, reprit Desroches, que, dans un cas semblable, mais où le trop honnête débiteur, effrayé d'une affirmation à faire en justice, ne voulut pas payer Maxime, nous avions rudement mené le créancier opposant, en faisant frapper des oppositions en masse, afin d'absorber la somme en frais de contribution...

– Quéqu' c'est qu'ca ?... s'écria Malaga, voilà des mots qui sonnent à mon oreille comme du patois. Puisque vous avez trouvé l'esturgeon excellent, payez-moi la valeur de la sauce en leçons de chicane.

– Eh bien ! dit Desroches, la somme qu'un de vos créanciers frappe d'opposition chez un de vos débiteurs peut devenir l'objet d'une semblable opposition de la part de tous vos autres créanciers. Que fait le Tribunal à qui tous les créanciers demandent l'autorisation de se payer ?... Il partage légalement entre tous la somme saisie. Ce partage, fait sous l'œil de la justice, se nomme une Contribution. Si vous devez dix mille francs, et que vos créanciers saisissent par opposition mille francs, ils ont chacun tant pour cent de leur créance, en vertu d'une répartition *au marc le franc*, en terme de Palais, c'est-à-dire au prorata de leurs sommes ; mais ils ne touchent que sur une pièce légale appelée *extrait du bordereau de collocation*, que délivre le greffier du Tribunal. Devinez-vous ce travail fait par un juge et préparé par des avoués ? il implique beaucoup de papier timbré plein de lignes lâches, diffuses, où les chiffres sont noyés dans des colonnes d'une entière blancheur. On commence par déduire les frais. Or, les frais étant les mêmes pour une somme de mille francs saisis comme pour une somme d'un million, il n'est pas difficile de manger mille écus, par exemple, en frais, surtout si l'on réussit à élever des contestations.

– Un avoué réussit toujours, dit Cardot. Combien de fois un des vôtres ne m'a-t-il pas demandé : « Qu'y a-t-il à manger ? »

– On y réussit surtout, reprit Desroches, quand le débiteur vous provoque à manger la somme en frais. Aussi les créanciers du comte n'eurent-ils rien, ils en furent pour leurs courses chez les avoués et pour leurs démarches. Pour se faire payer d'un débiteur aussi fort que le comte, un créancier doit se mettre dans une situation légale excessivement difficile à établir : il s'agit d'être à la fois son débiteur et son créancier, car alors on a le droit, aux termes de la loi, d'opérer la confusion...

– Du débiteur ? dit la Lorette qui prêtait une oreille attentive à ce discours.

– Non, des deux qualités de créancier et de débiteur, et de se payer par ses mains, reprit Desroches. L'innocence de Claparon, qui n'inventait que des oppositions, eut donc pour effet de tranquilliser le comte. En ramenant Antonia des Variétés, il abonda d'autant plus dans l'idée de vendre le cabinet littéraire pour pouvoir payer les deux derniers mille francs du prix, qu'il craignit le ridicule d'avoir été le bailleur de fonds d'une semblable entreprise. Il adopta donc le plan d'Antonia, qui voulait aborder la haute sphère de sa profession, avoir un magnifique appartement, femme de chambre, voiture, et lutter avec notre belle amphytrionne, par exemple...

– Elle n'est pas assez bien faite pour cela, s'écria l'illustre beauté du Cirque ; mais elle a bien rincé le petit d'Esgrignon, tout de même !

– Dix jours après, le petit Croizeau, perché sur sa dignité, tenait à peu près ce langage à la belle Antonia, reprit Desroches : – « Mon enfant, votre cabinet littéraire est un trou, vous y deviendrez jaune, le gaz vous abîmera la vue ; il faut en sortir, et tenez !... profitons de l'occasion. J'ai trouvé pour vous une jeune dame qui ne demande pas mieux que de vous acheter votre cabinet de lecture. C'est une petite femme ruinée qui n'a plus qu'à s'aller jeter à l'eau ; mais elle a quatre mille francs comptant, et il vaut mieux en tirer un bon parti pour pouvoir nourrir et élever deux enfants... – Eh ! bien, vous êtes gentil, papa Croizeau, dit Antonia. – Oh ! je serai bien plus gentil tout à l'heure, reprit le vieux carrossier. Figurez-vous que ce pauvre monsieur Denisart est dans un chagrin qui lui a donné la jaunisse... Oui, cela lui a frappé sur le foie comme chez les vieillards sensibles. Il a tort d'être si sensible. Je le lui ai dit : Soyez passionné, bien ! mais sensible... halte-là ! on se tue... Je ne me serais pas attendu, vraiment, à un pareil chagrin chez un homme assez fort, assez instruit pour s'absenter pendant sa digestion de chez... – Mais qu'y a-t-il ?... demanda mademoiselle Chocardelle. – Cette petite créature, chez qui j'ai dîné, l'a planté là, net... oui, elle l'a lâché sans le prévenir autrement que par une lettre sans aucune orthographe. – Voilà ce que c'est, papa Croizeau, que d'ennuyer les femmes !... – C'est une leçon ! belle dame, reprit le doucereux Croizeau. *En attendant*, je n'ai jamais vu d'homme dans un désespoir pareil, dit-il. Notre ami Denisart ne connaît plus sa main droite de sa main gauche, il ne veut plus voir ce qu'il appelle le théâtre de son bonheur... Il a si bien perdu le sens qu'il m'a proposé d'acheter pour quatre mille francs tout le mobilier d'Hortense... Elle se nomme Hortense ! – Un joli nom, dit Antonia. – Oui, c'est celui de la belle-fille de Napoléon ; je lui ai fourni ses équipages, comme vous savez. – Eh ! bien, je verrai, dit la fine Antonia, commencez par m'envoyer votre jeune femme... » Antonia courut voir le mobilier, revint fascinée, et fascina Maxime par un enthousiasme d'antiquaire. Le soir même, le comte consentit à la vente du cabinet de lecture. L'établissement, vous comprenez, était au nom de mademoiselle Chocardelle. Maxime se mit à rire du petit Croizeau qui lui fournissait un acquéreur. La société Maxime et Chocardelle perdait deux mille francs, il est vrai ; mais qu'était-ce que cette perte en présence de quatre beaux billets de mille francs ? Comme me le disait le comte : « Quatre mille francs d'argent vivant !... il y a des moments où l'on souscrit huit mille francs de billets pour les avoir ! » Le comte va voir lui-même, le surlendemain, le mobilier, ayant les quatre mille francs sur lui. La vente avait été réalisée à la diligence du petit Croizeau qui poussait à la roue ; il avait *enclaudé*, disait-il, la veuve. Se souciant peu de cet agréable vieillard, qui allait perdre ses mille francs, Maxime voulut faire porter immédiatement tout le mobilier dans un appartement loué au nom de madame Ida Bonamy, rue Tronchet, dans une maison neuve. Aussi s'était-il précautionné de plusieurs grandes voitures de déménagement. Maxime, refasciné par la beauté du mobilier, qui pour un tapissier aurait valu six mille francs, trouva le malheureux vieillard, jaune de sa jaunisse, au coin du feu, la tête enveloppée dans deux madras, et un bonnet de coton par-dessus, emmitouflé comme un lustre, abattu, ne pouvant pas parler, enfin si délabré, que le comte fut forcé de s'entendre avec un valet de chambre. Après avoir remis les quatre mille francs au valet de chambre qui les portait à son maître pour qu'il en donnât un reçu, Maxime voulut aller dire à ses commissionnaires de faire avancer les voitures ; mais il entendit alors une voix qui résonna comme une crécelle à son oreille, et qui lui cria : « – C'est inutile, monsieur le comte, nous sommes quittes, j'ai six cent trente francs quinze centimes à vous remettre ! » Et il fut tout effrayé de voir Cérizet sorti de ses enveloppes, comme un papillon de sa larve, qui lui tendit ses sacrés dossiers en ajoutant : – « Dans mes malheurs, j'ai appris à jouer la comédie, et je vaux Bouffé dans les vieillards. – Je suis dans la forêt de Bondy, s'écria Maxime. – Non, monsieur le comte, vous êtes chez mademoiselle Hortense, l'amie du vieux lord Dudley qui la cache à tous les regards ; mais elle a le mauvais goût d'aimer votre serviteur. – Si jamais, me disait le comte, j'ai eu envie de tuer un homme, ce fut dans ce moment ; mais que voulez-vous ? Hortense me montrait sa jolie tête, il fallut rire, et, pour conserver ma supériorité, je lui dis en lui jetant les six cents francs : – Voilà pour la fille. »

– C'est tout, Maxime ? s'écria la Palferine.

– D'autant plus que c'était l'argent du petit Croizeau, dit le profond Cardot.

– Maxime eut un triomphe, reprit Desroches, car Hortense s'écria : – Ah ! si j'avais su que ce fût toi !...

– En voilà une, de confusion ! s'écria la Lorette. – Tu as perdu, milord, dit-elle au notaire.

Et c'est ainsi que le menuisier à qui Malaga devait cent écus fut payé.

Paris, 1845.

Gaudissart II

À Madame la princesse de Belgiojoso,
née Trivulce.

Savoir vendre, pouvoir vendre, et vendre ! Le public ne se doute pas de tout ce que Paris doit de grandeurs à ces trois faces du même problème. L'éclat de magasins aussi riches que les salons de la noblesse avant 1789, la splendeur des cafés qui souvent efface, et très facilement, celle du néo-Versailles, le poème des étalages détruit tous les soirs, reconstruit tous les matins ; l'élégance et la grâce des jeunes gens en communication avec les acheteuses, les piquantes physionomies et les toilettes des jeunes filles qui doivent attirer les acheteurs ; et enfin, récemment, les profondeurs, les espaces immenses et le luxe babylonien des galeries où les marchands monopolisent les spécialités en les réunissant, tout ceci n'est rien !... Il ne s'agit encore que de plaire à l'organe le plus avide et le plus blasé qui se soit développé chez l'homme depuis la société romaine, et dont l'exigence est devenue sans bornes, grâce aux efforts de la civilisation la plus raffinée. Cet organe, c'est *l'œil des Parisiens !...* Cet œil consomme des feux d'artifice de cent mille francs, des palais de deux kilomètres de longueur sur soixante pieds de hauteur en verres multicolores, des féeries à quatorze théâtres tous les soirs, des panoramas renaissants, de continuelles expositions de chefs-d'œuvre, des mondes de douleurs et des univers de joie en promenade sur les boulevards ou errant par les rues ; des encyclopédies de guenilles au carnaval, vingt ouvrages illustrés par an, mille caricatures, dix mille vignettes, lithographies et gravures. Cet œil lampe pour quinze mille francs de gaz tous les soirs ; enfin, pour le satisfaire, la Ville de Paris dépense annuellement quelques millions en points de vues et en plantations. Et ceci n'est rien encore !... ce n'est que le côté matériel de la question. Oui, c'est, selon nous, peu de chose en comparaison des efforts de l'intelligence, des ruses, dignes de Molière, employées par les soixante mille commis et les quarante mille demoiselles qui s'acharnent à la bourse des acheteurs, comme les milliers d'ablettes aux morceaux de pain qui flottent sur les eaux de la Seine.

Le Gaudissart sur place est au moins égal en capacités, en esprit, en raillerie, en philosophie, à l'illustre commis-voyageur devenu le type de cette tribu. Sorti de son magasin, de sa partie, il est comme un ballon sans son gaz ; il ne doit ses facultés qu'à son milieu de marchandises, comme l'acteur n'est sublime que sur son théâtre. Quoique, relativement aux autres commis-marchands de l'Europe, le commis français ait plus d'instruction qu'eux, qu'il puisse au besoin parler asphalte, bal Mabille, polka, littérature, livres illustrés, chemins de fer, politique, Chambres et révolution, il est excessivement sot quand il quitte son tremplin, son aune et ses grâces de commande ; mais, là, sur la corde roide du comptoir, la parole aux lèvres, l'œil à la pratique, le châle à la main, il éclipse le grand Talleyrand ; il a plus d'esprit que Désaugiers, il a plus de finesse que Cléopâtre, il vaut Monrose doublé de Molière. Chez lui, Talleyrand eût joué Gaudissart ; mais, dans son magasin, Gaudissart aurait joué Talleyrand.

Expliquons ce paradoxe par un fait.

Deux jolies duchesses babillaient aux côtés de cet illustre prince, elles voulaient un bracelet. On attendait de chez le plus célèbre bijoutier de Paris un commis et des bracelets. Un Gaudissart arrive muni de trois bracelets, trois merveilles, entre lesquelles les deux femmes hésitent. Choisir ! c'est l'éclair de l'intelligence. Hésitez-vous ?... tout est dit, vous vous trompez. Le goût n'a pas deux inspirations. Enfin, après dix minutes, le prince est consulté ; il voit les deux duchesses aux prises avec les mille facettes de l'incertitude entre les deux plus distingués de ces bijoux ; car, de prime abord, il y en eut un d'écarté. Le prince ne quitte pas sa lecture, il ne regarde pas les bracelets, il examine le commis. – Lequel choisiriez-vous pour votre bonne amie ? lui demande-t-il. Le jeune homme montre un des deux bijoux. – En ce cas, prenez l'autre, vous ferez le bonheur de deux femmes, dit le plus fin des diplomates modernes, et vous, jeune homme, rendez en mon nom votre bonne amie heureuse. Les deux jolies femmes sourient, et le commis se retire aussi flatté du présent que le prince vient de lui faire que de la bonne opinion qu'il a de lui.

Une femme descend de son brillant équipage, arrêté rue Vivienne, devant un de ces somptueux magasins où l'on vend des châles, elle est accompagnée d'une autre femme. Les femmes sont presque toujours deux pour ces sortes d'expéditions. Toutes, en semblable occurrence, se promènent dans dix magasins avant de se décider ; et, dans l'intervalle de l'un à l'autre, elles se moquent de la petite comédie que leur jouent les commis. Examinons qui fait le mieux son personnage, ou de l'acheteuse ou du vendeur ? qui des deux l'emporte dans ce petit vaudeville ?

Quand il s'agit de peindre le plus grand fait du commerce parisien, la Vente ! on doit produire un type en y résumant la question. Or, en ceci, le châle ou la châtelaine de mille écus causeront plus d'émotions que la pièce de batiste, que la robe de trois cents francs. Mais, ô Étrangers des deux Mondes ! si toutefois vous lisez cette physiologie de la facture, sachez que cette scène se joue dans les magasins de nouveautés pour du barège à deux francs ou pour de la mousseline imprimée, à quatre francs le mètre !

Comment vous défierez-vous, princesses ou bourgeoises, de ce joli tout jeune homme, à la joue veloutée et colorée comme une pêche, aux yeux candides, vêtu presque aussi bien que votre... votre... cousin, et doué d'une voix douce comme la toison qu'il vous déplie ? Il y en a trois ou quatre ainsi.

L'un à l'œil noir, à la mine décidée, qui vous dit : – « Voilà ! » d'un air impérial.

L'autre aux yeux bleus, aux formes timides, aux phrases soumises, et dont on dit : – « Pauvre enfant ! il n'est pas né pour le commerce !... »

Celui-ci châtain-clair, l'œil jaune et rieur, à la phrase plaisante, et doué d'une activité, d'une gaieté méridionales.

Celui-là rouge-fauve, à barbe en éventail, roide comme un communiste, sévère, imposant, à cravate fatale, à discours brefs.

Ces différentes espèces de commis, qui répondent aux principaux caractères de femmes, sont les bras de leur maître, un gros bonhomme à figure épanouie, à front demi-chauve, à ventre de député ministériel, quelquefois décoré de la Légion-d'Honneur pour avoir maintenu la supériorité du Métier français, offrant des lignes d'une rondeur satisfaisante, ayant femme, enfants, maison de campagne, et son compte à la Banque. Ce personnage descend dans l'arène à la façon du *Deus ex machinâ*, quand l'intrigue trop embrouillée exige un dénouement subit.

Ainsi les femmes sont environnées de bonhomie, de jeunesse, de gracieusetés, de sourires, de plaisanteries, de ce que l'Humanité civilisée offre de plus simple, de décevant, le tout arrangé par nuances pour tous les goûts.

Un mot sur les effets naturels d'optique, d'architecture, de décor ; un mot court, décisif, terrible ; un mot, qui est de l'histoire faite sur place.

Le livre où vous lisez cette page instructive se vend rue de Richelieu, 76, dans une élégante boutique, blanc et or, vêtue de velours rouge, qui possédait une pièce en entresol où le jour vient en plein de la rue de Ménars, et vient, comme chez un peintre, franc, pur, net, toujours égal à lui-même.

Quel flâneur n'a pas admiré le Persan, ce roi d'Asie qui se carre à l'angle de la rue de la Bourse et de la rue Richelieu, chargé de dire *urbi et orbi* :

– « Je règne plus tranquillement ici qu'à Lahore. » Dans cinq cents ans, cette sculpture au coin de deux rues pourrait, sans cette immortelle analyse, occuper les archéologues, faire écrire des volumes in-quarto avec figures, comme celui de M. Quatremère sur le Jupiter Olympien, et où l'on démontrerait que Napoléon a été un peu Sophi dans quelque contrée d'Orient avant d'être empereur des Français. Eh bien ! ce riche magasin a fait le siège de ce pauvre petit entresol ; et, à coups de billets de banque, il s'en est emparé. La COMÉDIE HUMAINE a cédé la place à la comédie des cachemires. Le Persan a sacrifié quelques diamants de sa couronne pour obtenir ce jour si nécessaire. Ce rayon de soleil augmente la vente de cent pour cent, à cause de son influence sur le jeu des couleurs ; il met en relief toutes les séductions des châles, c'est une lumière irrésistible, c'est un rayon d'or ! Sur ce fait, jugez de la mise en scène de tous les magasins de Paris ?...

Revenons à ces jeunes gens, à ce quadragénaire décoré, reçu par le roi des Français à sa table, à ce premier commis à barbe rousse, à l'air autocratique ? Ces Gaudissarts émérites se sont mesurés avec mille caprices par semaine, ils connaissent toutes les vibrations de la corde-cachemire dans le cœur des femmes. Quand une lorette, une dame respectable, une jeune mère de famille, une lionne, une duchesse, une bonne bourgeoise, une danseuse effrontée, une innocente demoiselle, une trop innocente étrangère se présentent, chacune d'elles est aussitôt analysée par ces sept ou huit hommes qui l'ont étudiée au moment où elle a mis la main sur le bec de cane de la boutique, et qui stationnent aux fenêtres, au comptoir, à la porte, à un angle, au milieu du magasin, en ayant l'air de penser aux joies d'un dimanche échevelé ; en les examinant, on se demande même :

– À quoi peuvent-ils penser ? La bourse d'une femme, ses désirs, ses intentions, sa fantaisie sont mieux fouillés alors en un moment que les douaniers ne fouillent une voiture suspecte à la frontière en sept quarts d'heure. Ces intelligents gaillards, sérieux comme des pères nobles, ont tout vu : les détails de la mise, une invisible empreinte de boue à la bottine, une passe arriérée, un ruban de chapeau sale ou mal choisi, la coupe et la façon de la robe, le neuf des gants, la robe coupée par les intelligents ciseaux de Victorine IV, le bijou de Froment-Meurice, la babiole à la mode, enfin tout ce qui peut dans une femme trahir sa qualité, sa fortune, son caractère. Frémissez ! Jamais ce sanhédrin de Gaudissarts, présidé par le patron, ne se trompe. Puis les idées de chacun sont transmises de l'un à l'autre avec une rapidité télégraphique par des regards, par des tics nerveux, des sourires, des mouvements de lèvres, que, les observant, vous diriez de l'éclairage soudain de la grande avenue des Champs-Élysées, où le gaz vole de candélabre en candélabre comme cette idée allume les prunelles de commis en commis.

Et aussitôt, si c'est une Anglaise, le Gaudissart sombre, mystérieux et fatal s'avance, comme un personnage romanesque de lord Byron.

Si c'est une bourgeoise, on lui détache le plus âgé des commis ; il lui montre cent châles en un quart d'heure, il la grise de couleurs, de dessins ; il lui déplie autant de châles que le milan décrit de tours sur un lapin ; et, au bout d'une demi-heure, étourdie et ne sachant que choisir, la digne bourgeoise, flattée dans toutes ses idées, s'en remet au commis qui la place entre les deux marteaux de ce dilemme et les égales séductions de deux châles. – Celui-ci, madame, est très avantageux, il est vert-pomme, la couleur à la mode ; mais la mode change, tandis que celui-ci (le noir ou le blanc dont la vente est urgente), vous n'en verrez pas la fin, et il peut aller avec toutes les toilettes.

Ceci est l'*A b c* du métier.

– Vous ne sauriez croire combien il faut d'éloquence dans cette chienne de partie, disait dernièrement le premier Gaudissart de l'établissement en parlant à deux de ses amis, Duronceret et Bixiou, venus pour acheter un châle en se fiant à lui. Tenez, vous êtes des artistes discrets, on peut vous parler des ruses de notre patron qui, certainement, est l'homme le plus fort que j'aie vu. Je ne parle pas comme fabricant, monsieur Fritot est le premier ; mais, comme vendeur, il a inventé le châle-Selim, un *châle impossible à vendre*, et que nous vendons toujours. Nous gardons dans une boîte de bois de cèdre, très simple, mais doublée de satin, un châle de cinq à six cents francs, un des châles envoyés par Selim à l'empereur Napoléon. Ce châle, c'est notre Garde-Impériale, on le fait avancer en désespoir de cause : *il se vend et ne meurt pas.*

En ce moment, une Anglaise déboucha de sa voiture de louage et se montra dans le beau idéal de ce flegme particulier à l'Angleterre et à tous ses produits prétendus animés.

Vous eussiez dit de la statue du Commandeur marchant par certains soubresauts d'une disgrâce fabriquée à Londres dans toutes les familles avec un soin national.

– L'Anglaise, dit-il à l'oreille de Bixiou, c'est notre bataille de Waterloo. Nous avons des femmes qui nous glissent des mains comme des anguilles, on les rattrape sur l'escalier ; des lorettes qui nous *blaguent*, on rit avec elles, on les tient par le crédit ; des étrangères indéchiffrables chez qui l'on porte plusieurs châles et avec lesquelles on s'entend en leur débitant des flatteries ; mais l'Anglaise, c'est s'attaquer au bronze de la statue de Louis XIV... Ces femmes-là se font une occupation, un plaisir de marchander... Elles nous font *poser,* quoi !...

Le commis romanesque s'était avancé.

– Madame souhaite-t-elle son châle des Indes ou de France, dans les hauts prix, ou...

– Je verrai (*véraie*).

– Quelle somme Madame y consacre-t-elle ?

– Je verrai (*véraie*).

En se retournant pour prendre les châles et les étaler sur un porte-manteau, le commis jeta sur ses collègues un regard significatif (Quelle scie !) accompagné d'un imperceptible mouvement d'épaules.

– Voici nos plus belles qualités en rouge des Indes, en bleu, en jaune-orange ; tous sont de dix mille francs... Voici ceux de cinq mille et ceux de trois mille.

L'Anglaise, d'une indifférence morne, lorgna d'abord tout autour d'elle avant de lorgner les trois exhibitions, sans donner signe d'approbation ou d'improbation.

– Avez-vous d'autres ? demanda-t-elle (*Havai-vo-d'hôte*).

– Oui, madame. Mais Madame n'est peut être pas bien décidée à prendre un châle ?

– Oh !(*Hâu*) très décidée (*trei-deycidai*).

Et le commis alla chercher des châles d'un prix inférieur ; mais il les étala solennellement, comme des choses dont on semble dire ainsi : – Attention à ces magnificences.

– Ceux-ci sont beaucoup plus chers, dit-il, ils n'ont pas été portés, ils sont venus par courriers et sont achetés directement aux fabricants de Lahore.

– Oh ! je comprends, dit-elle, ils me conviennent beaucoup mieux (*miéuie*).

Le commis resta sérieux, malgré son irritation intérieure qui gagnait Duronceret et Bixiou. L'Anglaise, toujours froide comme du cresson, semblait heureuse de son flegme.

– Quel prix ? dit-elle en montrant un châle bleu-céleste couvert d'oiseaux nichés dans des pagodes.

– Sept mille francs.

Elle prit le châle, s'en enveloppa, se regarda dans la glace, et dit en le rendant : – Non, je n'aime pas. (*No, jé n'ame pouint.*)

Un grand quart d'heure passa dans des essais infructueux.

– Nous n'avons plus rien, madame, dit le commis en regardant son patron.

– Madame est difficile comme toutes les personnes de goût, dit le chef de l'établissement en s'avançant avec ces grâces boutiquières où le prétentieux et le patelin se mélangeaient agréablement.

L'Anglaise prit son lorgnon et toisa le fabricant de la tête aux pieds, sans vouloir comprendre que cet homme était éligible et dînait aux Tuileries.

– Il ne me reste qu'un seul châle, mais je ne le montre jamais, reprit-il, personne ne l'a trouvé de son goût, il est très bizarre ; et, ce matin, je me proposais de le donner à ma femme ; nous l'avons depuis 1805, il vient de l'impératrice Joséphine.

– Voyons, monsieur.

– Allez le chercher ! dit le patron à un commis, il est chez moi...

– Je serais beaucoup (*bocop*) très satisfaite de le voir, répondit l'Anglaise.

Cette réponse fut comme un triomphe, car cette femme spleenique paraissait sur le point de s'en aller. Elle faisait semblant de ne voir que les châles, tandis qu'elle regardait les commis et les deux acheteurs avec hypocrisie, en abritant sa prunelle par la monture de son lorgnon.

– Il a coûté soixante mille francs en Turquie, madame.

– Oh ! (*Hâu.*)

– C'est un des sept châles envoyés par Sélim, avant sa catastrophe, à l'empereur Napoléon. L'impératrice Joséphine, une créole, comme milady le sait, très capricieuse, le céda contre un de ceux apportés par l'ambassadeur turc et que mon prédécesseur avait achetés : mais, je n'en ai jamais trouvé le prix ; car, en France, *nos dames* ne sont pas assez riches, ce n'est pas comme en Angleterre... Ce châle vaut sept mille francs, qui, certes, en représentent quatorze ou quinze par les intérêts composés...

– Composé de quoi ? dit l'Anglaise. (*Komppôsé de quoâ ?*)

– Voici, madame.

Et le patron, en prenant des précautions que les démonstrateurs du *Grune-gevelbe* de Dresde eussent admirées, ouvrit avec une clef minime une boîte carrée en bois de cèdre dont la forme et la simplicité firent une profonde impression sur l'Anglaise. De cette boîte, doublée en satin noir, il sortit un châle d'environ quinze cents francs, d'un jaune d'or, à dessins noirs, dont l'éclat n'était surpassé que par la bizarrerie des inventions indiennes.

– *Splendid !* dit l'Anglaise, il est vraiment beau... Voilà mon idéal (*idéol*) de châle : *it is very magnificent...*

Le reste fut perdu dans la pose de madone qu'elle prit pour montrer ses yeux sans chaleur, qu'elle croyait beaux.

– L'empereur Napoléon l'aimait beaucoup, il s'en est servi...

– *Bocop*, répéta-t-elle.

Elle prit le châle, le drapa sur elle, s'examina. Le patron reprit le châle, vint au jour le chiffonner, le mania, le fit reluire ; il en joua comme Liszt joue du piano.

– C'est *very fine, beautiful, sweet !* dit l'Anglaise de l'air le plus tranquille.

Duronceret, Bixiou, les commis échangèrent des regards de plaisir qui signifiaient : « Le châle est vendu. »

– Eh bien, madame ? demanda le négociant en voyant l'Anglaise absorbée dans une sorte de contemplation infiniment trop prolongée.

– Décidément, dit-elle, j'aime mieux une *vôteure !*...

Un même soubresaut anima les commis silencieux et attentifs, comme si quelque fluide électrique les eût touchés.

– J'en ai une bien belle, madame, répondit tranquillement le patron, elle me vient d'une princesse russe, la princesse de Narzicoff, qui me l'a laissée en paiement de fournitures ; si Madame voulait la voir, elle en serait émerveillée ; elle est neuve, elle n'a pas roulé dix jours, il n'y en a pas de pareille à Paris.

La stupéfaction des commis fut contenue par leur profonde admiration.

– Je veux bien, répondit-elle.

– Que Madame garde sur elle le châle, dit le négociant, elle en verra l'effet en voiture.

Le négociant alla prendre ses gants et son chapeau.

– Comment cela va-t-il finir ?... dit le premier commis en voyant son patron offrant sa main à l'Anglaise et s'en allant avec elle dans la calèche de louage.

Ceci pour Duronceret et Bixiou prit l'attrait d'une fin de roman, outre l'intérêt particulier de toutes les luttes, même minimes, entre l'Angleterre et la France.

Vingt minutes après, le patron revint.

– Allez hôtel Lawson, voici la carte : Mistriss Noswell. Portez la facture que je vais vous donner, il y a six mille francs à recevoir.

– Et comment avez-vous fait ? dit Duronceret en saluant ce roi de la facture.

– Eh ! monsieur, j'ai reconnu cette nature de femme excentrique, elle aime à être remarquée : quand elle a vu que tout le monde regardait son châle, elle m'a dit : – Décidément gardez votre voiture, monsieur, je prends le châle. Pendant que monsieur Bigorneau, dit-il en montrant le commis romanesque, lui dépliait des châles, j'examinais ma femme, elle vous lorgnait pour savoir quelle idée vous aviez d'elle, elle s'occupait beaucoup plus de vous que des châles. Les Anglaises ont un dégoût particulier (car on ne peut pas dire un goût), elles ne savent pas ce qu'elles veulent, et se déterminent à prendre une chose marchandée plutôt par une circonstance fortuite que par vouloir. J'ai reconnu l'une de ces femmes ennuyées de leurs maris, de leurs marmots, vertueuses à regret, quêtant des émotions, et toujours posées en saules pleureurs...

Voilà littéralement ce que dit le chef de l'établissement.

Ceci prouve que dans un négociant de tout autre pays il n'y a qu'un négociant ; tandis qu'en France, et surtout à Paris, il y a un homme sorti d'un collège royal, instruit, aimant ou les arts, ou la pêche, ou le théâtre, ou dévoré du désir d'être le successeur de monsieur Cunin-Cridaine, ou colonel de la garde nationale, ou membre du conseil général de la Seine, ou juge au tribunal de Commerce.

– Monsieur Adolphe, dit la femme du fabricant à son petit commis blond, allez commander une boîte de cèdre chez le tabletier.

– Et, dit le commis en reconduisant Duronceret et Bixiou qui avaient choisi un châle pour madame Schontz, nous allons voir parmi nos vieux châles celui qui peut jouer le rôle du châle-Sélim.

Paris, novembre 1844.